SALZ+WACHS

SALZ + WACHS

Literaturförderung und die Kunst der Vielfalt

Herausgegeben von der
Stiftung Preußische Seehandlung

Geschäftsführung: Christin Richter & Maria Stodtmeier

et+k
edition text + kritik

40 JAHRE STIFTUNG PREUSSISCHE SEEHANDLUNG

Bibliografische Information der Deutschen Nationalbibliothek
Die Deutsche Nationalbibliothek verzeichnet diese Publikation in der Deutschen Nationalbibliografie; detaillierte bibliografische Daten sind im Internet über www.dnb.de abrufbar.

ISBN 978-3-96707-881-7

Umschlagtitel: Matthias Wittig, fernkopie – Kommunikation und Gestaltung
Umschlagabbildung: Gemälde Preußisches Seehandelsschiff »Mentor«, ca. 1906/1943 © Bundesarchiv

Levelingstraße 6a, 81673 München
www.etk-muenchen.de

Satz: Claudia Wild, Konstanz
Druck und Buchbinder: Laupp & Göbel GmbH, Robert-Bosch-Straße 42, 72810 Gomaringen

Inhalt

Vorwort

Auf Segelschiffen kamen Fässer mit Salz und Wachs an Land – vor 250 Jahren hatte die 1772 von Friedrich dem Großen gegründete preußische Seehandlungs-Sozietät ein Monopol auf den Handel mit diesen Waren, womit sie ihren Reichtum erlangte. Salz diente seinerzeit nicht nur als Gewürz, sondern auch als Konservierungsmittel sowie Primitivgeld. Wachs wurde zur Herstellung von Kerzen, aber auch zur Imprägnierung, Politur und zur Herstellung von Skulpturen verwendet.

Nach den Napoleonischen Kriegen entwickelte sich die Seehandlungs-Sozietät zu einer Wirtschaftsförderbank, Ende des 19. Jahrhunderts ging sie in der Preußischen Staatsbank auf. Nach der Auflösung Preußens 1947 wurde das Kapital der Seehandlung in einer Staatsbank geparkt, bis es vor 40 Jahren unter anderem den Grundstock für die Stiftung Preußische Seehandlung bilden konnte: Sie fördert Wissenschaft und Forschung, Kunst und Kultur, insbesondere auch Literatur.

Der Symbolcharakter der Handelswaren Salz und Wachs könnte im Kontext der Kunstförderung in einem Bild gesehen werden: Licht zu jeder Stunde in einem Schreibzimmer, in dem ein literarisches Werk entstehen kann, frei von den Erwartungen des Marktes und des Geschmacks des Publikums. Denn Förderung ermöglicht Vielfalt der Kunst, da sie Produktionsräume eröffnet.

Wie frei und unabhängig kann und will aber Kunst sein? Wie können unmöglich erscheinende Projekte doch realisiert werden?

Dass es schon immer schwierig war mit den Talern, erzählt Michelangelo D'Aprile eingangs anhand der Erfahrungen Anna Louisa Karschs mit Friedrich II. Wie anders und vielfältig Literaturförderung in Zeiten der Demokratie und damit auch der Stiftung Preußische Seehandlung ist, davon berichten die Autoren, Literaturwissenschaftler und Macher des Literaturbetriebs in ihren Erinnerungen, Einschätzungen und Analysen.

Wie leben Autoren mit Stipendien und Auszeichnungen, wie verändern diese ihr Schreiben und ermöglichen es erst? Wie trägt die Hervorhebung einzelner Autoren und Werke durch Preisvergaben zur Kanonbildung bei und wo wird diese selbst zum Thema?

Dass Kunst bzw. Literatur gesellschaftsrelevant ist, steht außer Frage, und darum sollte sie auch in die Sozialsysteme eingebunden sein. In, auch deutschsprachigen, Nachbarländern erhalten nicht nur Autoren, sondern auch Verlage und Zeitschriften Förderung, was nicht nur die Vielfalt und Qualität der Buchproduktionen steigert. Denn »Sprache braucht Förderung« – wie es prägnant der Vorstandsvorsitzende der Stiftung Preußische Seehandlung, Dr. Hans Gerhard Hannesen, formulierte; dafür steht die Stiftung seit nunmehr 40 Jahren.

Gerade in Zeiten des Wandels und der Krisen kommt der Literatur eine besondere Rolle zu. Sie führt die Menschen zum Austausch über relevante Themen und bringt sie durch unterschiedliche Veranstaltungsformate zusammen, befördert so die Kommunikation und das Miteinander. So vielfältig und so breitgefächert die Förderung der Literatur hierzulande auch sein mag – es lohnt sich, ihre historischen Voraussetzungen, aktuellen Ausprägungen und künftigen Anforderungen und Chancen zu erwägen und eine Vision für die Zukunft zu entwickeln.

Iwan-Michelangelo D'Aprile

»Drum geb ich es zurück«

Literaturförderung auf Preußisch und der Protest der Panegyriker

Im Jahr 1772 gründete der preußische König unmittelbar im Anschluss an die »Polnische Teilung« die Seehandlungs-Sozietät, mit der er den lukrativen Salz- und Wachshandel der okkupierten polnischen Weichselgebiete monopolisierte. Bald kamen andere Güter wie Holz, Kaffee oder Getreide hinzu. Für 20 Jahre ließ Friedrich II. sich und einigen handverlesenen Günstlingen den großzügigen jährlichen Zinssatz von 10 Prozent zuzüglich weiterer Dividenden auf etwaige Gewinne festschreiben – zu Lasten des Handels und der lokalen Kaufmannschaft.[1] Am allermeisten aber profitierte der Direktor der Seehandlung und Kommissar der Kurmärkischen Ritterschaft, Friedrich Christoph von Goerne. Wie durch Zauberhand eignete er sich in der Folge ein polnisches Gut nach dem anderen an. In der preußischen Hauptstadt Berlin erwarb er ein Palais am Prachtboulevard Unter den Linden und ließ es aufwendig zum schicksten Haus am Ort umgestalten. Die sagenhafte Summe von rund 1 000 000 Taler hatte Goerne innerhalb weniger Jahre in die eigene Tasche gewirtschaftet. »Sein schnelles Glück brachte ihn völlig um den Verstand«, diagnostizierte der Berlin-Reisende Mirabeau.[2] Zwar wurde Goerne 1782 der Prozess gemacht und er wurde wegen Korruption verurteilt, allerdings dann nach dem preußischen Thronwechsel auch rasch wieder begnadigt und mit einer Pension von jährlich 800 Talern in den Ruhestand versetzt.

Zur selben Zeit hatte eine von Friedrichs glühendsten Verehrerinnen längst begonnen, an dessen Größe zu zweifeln. Ganze zehn Jahre wartete die Dichterin Anna Louisa Karsch (1722–1791) bereits auf eine jährliche Dotation von 200 Talern, die ihr der preußische König für patriotische Verdienste in der vaterländischen Literatur zugesagt hatte. Als dieser ihr auf ihre ständigen Nachfragen schließlich in einer Geste der Verachtung zwei Taler zuschicken ließ, antwortete sie ihm im Oktober 1773 mit jenen Versen, die zu ihren berühmtesten werden sollten:

> Zwei Thaler giebt kein großer König;
> Ein solch Geschenk vergrößert nicht mein Glück,
> Nein, es erniedrigt mich ein wenig,
> Drum geb ich es zurück.[3]

Dabei hatte Karsch es an Huldigungen beileibe nicht fehlen lassen. Als mit dem Siebenjährigen Krieg (1756–1763) erstmals so etwas wie eine patriotische preußische Nationalliteratur entstand und auch außerhalb Preußens die junge Literatengeneration zumindest für den Moment »Fritzisch gesinnt« (Goethe) war, gehörte Karsch neben Dichtern wie Thomas Abbt, Ludwig Gleim, Karl Wilhelm Ramler oder Ewald von Kleist zu Friedrichs eifrigsten Lobsängerinnen.[4] Zudem verkörperte die im Wirtshaus geborene Tochter eines Kneipenwirts und einer Kuhmagd, literarische Autodidaktin und geschiedene Mutter von vier Kindern geradezu idealtypisch die in dieser Zeit von Goethe oder Herder propagierte Volkskultur und das neue rousseauistische Natürlichkeitsideal.[5] So klang es aus ihrer Feder besonders authentisch, wenn sie den preußischen König zum Volks- und Bürgerkönig stilisierte, der seinen Untertanen unabhängig von Stand, Ansehen und sogar Geschlecht im »Freundschaftsband« verbunden sei, während diese im Licht des Siegreichen erstmals fühlten, »daß sie Menschen sind«. Durchaus nicht bloße Unterwerfungsgeste, wurde in dieser Art Lyrik ein integratives Nationsmodell propagiert, in dem auch dem Monarchen Pflichten als »der Gesetze Beschützer«, Aufklärer auf dem Thron und gütiger »Vater des Vaterlandes« zugedichtet wurden.[6]

Nachdem die 1763 bei einer persönlichen Audienz zugesagte königliche Unterstützung ausblieb, schlug sich Karsch weiterhin mehr schlecht als recht als Berufs- und Auftragslyrikerin durch. Ohne festen Wohnsitz, bot sie ihre literarische Ware zu Anlässen aller Art feil. Nicht selten wurde sie für ihre Gedichte in Naturalien entlohnt – ob Salz und Wachs zu diesen zählten, ist nicht bekannt, wohl aber dichtete sie im Wortsinn notfalls auch für etwas Holz oder Brot. Bei aller materiellen Kargheit schulte sie sich so zur unangefochtenen Meisterin des Gelegenheitsgedichts. Mit der ausbleibenden zugesagten königlichen Anerkennung wandelte sich auch ihr Selbstverständnis. Vom patriotischen Schwung blieb wenig, an dessen Stelle trat die Forderung nach gerechter Entlohnung. Nicht als Bittstellerin um ein Gnadenbrot sah sie sich, sondern als Patriotismus-Produzentin, der für ihre Arbeit an der Nationserfindung ebenso wie jeder Textilarbeiterin oder jedem Holzhacker ein Gehalt zustehe. Sie mache »des jahres über zehntausend Versse« zum Lob Preußens, schrieb sie am 5. März 1771 an den Schriftstellerkollegen Rudolf Erich Raspe, »[...] aber wenn man mich dingt wie der Tagelöhner gedungen wird und weitter nicht nach mir frägt, alsdann glaub ich auch die forderungsrechte eines gerufenen arbeiters zu haben.«[7]

In dieser Forderung ließ sie auch nach Friedrichs Tod nicht nach. Als dessen Thronfolger Friedrich Wilhelm II. dann endlich einen Teil der Schulden seines Onkels begleichen und Karsch in Berlin ein einfaches Haus am

Hackeschen Markt bauen ließ, war es längst zu spät. Um überhaupt noch zu Lebzeiten etwas davon zu haben, zog die inzwischen beinahe 70-jährige Karsch ein, als der Mörtel noch nicht getrocknet war, was ihrer ohnehin angeschlagenen Gesundheit schadete. Die Kosten für Gebäudeverwaltung und Feuerversicherung verschlangen den Großteil der zusätzlichen Einnahmen.[8] Weiterhin klagte Karsch über die unzulängliche Schuldentilgung und schrieb eine Reihe von »Quittungsgedichten« (neben den »Gedichten zu vorgegebenen Endreimen« eine ihrer Spezialdisziplinen), in denen sie den beiden Monarchen trotz erster Rückzahlungen eine aus ihrer Sicht weiterhin bestehende Verpflichtung vorrechnete. So sandte sie dem Geist des verstorbenen ehemalig Angebeteten selbst noch ins Grab eine Zahlungsforderung nach – selbstredend in Reimform:

> Schatten Friedrichs! Du sollst wissen, dass bezahlt ist und zerrissen
> Die Schuldfordrung an Dich.
> Dein Thronfolger wollte mich vor Alters Kummer schützen
> Königlich.
> Und da baute zum Besitzen mir sein Oberbauamt auf
> Ein schönes Häuschen, das im Kauf
> Wehrt ist – nur fünftausend blanke
> Wilhelmsthaler und nicht mehr.
> Drob quittir ich nun mit Danke,
> Denn sie tilgten ungefähr deine Schuldenmasse.
> Aber unter uns gesagt Schatten Friedrichs! Ich verlasse
> Mich darauf, daß Wilhelm fragt, ob mir von Seinetwegen
> Und im Namen seiner Huld bei Bezahlung Deiner Schuld
> Nicht bedacht was zuzulegen.«[9]

Als Karschs Tochter kurz nach dem Tod ihrer Mutter 1792 einen Band mit deren Gedichten veröffentlichte, ließen es sich nicht nur viele Angehörige der preußischen Herrscherfamilie, sondern auch der doch eigentlich längst des Amtes enthobene ehemalige Direktor der *Seehandlungs-Sozietät*, »der Herr Minister von Goerne, Excellenz« nicht nehmen, sich in der dem Band vorangestellten Subskribentenliste zu verewigen.[10]

Karschs Zwei-Taler-Protest wurde zur Urszene preußischer Literaturförderung, die sich 100 Jahre später fortsetzen sollte. Nach erfolgter Reichsgründung erinnerte ein anderer großer preußischer Patriot, Theodor Fontane, in der Sonntagsausgabe der »Vossischen Zeitung« vom 8. Dezember 1872 an den Fall der Dichterin. Fontane deutet den Umgang mit Karsch als Symbol für das Elend nicht nur der Literaten, sondern der ganzen damaligen Epoche: »Es war eine *unfreie* und, was noch viel bedrückender hervortritt, eine karge, *kümmerliche* Zeit. Überall sieht man den Genius zwischen ein Schilderhaus und den Schuldturm gestellt. Der Unteroffizier *herrscht*, und die Karschin erhält – königliche zwei Taler. Das sagt alles.«[11] Zugleich signalisiert schon der gezielte Anachronismus des »Unteroffiziers«, der erst 1856 den früheren Dienstgrad des Corporals in der preußischen Armee ersetzt hatte, den Bezug zu Fontanes eigener Gegenwart, in der die Dinge aus seiner Sicht unverändert im Argen lagen. Weiterhin galt in Preußen: »Kunst ist nichts, Geheimrath ist alles.«[12]

Tatsächlich sind bei allen historischen Unterschieden die Parallelen der entsprechenden Erfahrungen von Karsch und Fontane unübersehbar. Wie Karsch hatte auch Fontane jahrzehntelang das Feld vaterländischer Literatur beackert und sich in unterschiedlichsten Formen als Lobsänger Preußens verdingt. Er hatte volksliedhafte Balladen über friderizianische Feldherren gedichtet und im Fußvolk der regierungsamtlichen Pressepropaganda schlecht bezahlte Öffentlichkeitsarbeit geleistet. Mit einer mäßigen Forschungsbeihilfe des Kultusministeriums hatte er seit 1859 in seinen »Wanderungen durch die Mark Brandenburg« dem kargen Stammland der Hohenzollern-Könige eine bunte Heimat- und Kulturgeschichte erfunden, von der nicht nur das Bundesland Brandenburg bis heute zehrt und ohne die das lokale Tourismusmarketing wenig zu vermarkten hätte. Schließlich hat er zwischen 1864 und 1876 im Auftrag der preußischen Hofdruckerei den Bismarck'schen Einigungs- und Eroberungskriegen eine 4000-seitige Geschichte geschrieben, um ihnen so, wie ihrerzeit Karsch dem Siebenjährigen Krieg, eine populäre, »volkstümliche« Gestalt zu geben. Für die Recherchen hätte er um ein Haar sogar mit seinem Leben bezahlt, als er Ende 1870 in französische Kriegsgefangenschaft geriet.[13]

Nachdem die erhoffte Anerkennung in Form der erwarteten königlichen Sinekure ausblieb, verwandelte sich Fontanes patriotischer Eifer in eine sich steigernde »wahre Wuth« gegenüber dem Regenten und seinen Behörden.[14] Seiner Frau Emilie gestand er, dass diese Form des unerwiderten literarischen Dienstes am Vaterland ihn im Wortsinn krank mache: »Überhaupt hab ich diesen ganzen patriotischen Krempel satt, ja mehr ›I am sick of it.‹ Man hat mir zu schlecht mitgespielt, und ich liebe nur da, wo man mich wiederliebt. In Anbetung glücklich zu ersterben, ist nicht meine Sache. Das überlass' ich Kammerfrauen und Predigtamts-Candidaten.«[15] Und sein Tagebucheintrag auf das Jahr 1876 schließt mit einer Warnung an die nachfolgenden Generationen (»an meine Söhne, oder jeden der dies später liest«), sich in dieser Beziehung bloß keine falschen Hoffnungen zu machen: »nur nicht von Fürsten oder Herren etwas wollen […] Man blamirt sich nur und hat sich vor sich selbst erniedrigt.«[16] Demütigung und Selbsterniedrigung sind Erfahrungsmuster, die nach Fontane wie Karsch (»erniedrigt mich ein wenig«) untrennbar mit der preußischen Spielart der Literaturförderung einhergehen.

Deren Spezifika hat Fontane am Ende des Jahrhunderts in einem – vorsichtshalber anonym veröffentlichten – Zeitschriftenartikel zur »Gesellschaftlichen Stellung der Schriftsteller« (1891) noch einmal zum Gegenstand gemacht. Zwar sei es unbestritten, dass die Lage der Literaten überall »miserabel« sei, doch wenn man frage, »welchem Lande nach der Elendsseite hin der Vortritt gebührt [...], wird sich vielleicht sagen lassen, daß Preußen-Deutschland immer mit in erster Reihe figuriert hat und erfolgreich bemüht ist, sich auf dieser alten Höhe zu halten.«[17] Nur zum Teil lasse sich die Geringschätzung von Literaten auf deren Einkommensverhältnisse zurückführen: »Natürlich wird der, der seine Miete bezahlt, besser behandelt als der, der sie nicht bezahlt, und der mit einem englischen Musterkoffer in Helgoland eintreffende darf sich einer besseren Sommerfrische rühmen als der bloß nach Grünau hin ins Grüne Gestellte.« Hinsichtlich des gesellschaftlichen Ansehens und der Anerkennungsökonomie aber blieben gut- und schlechtverdienende Schriftsteller gleichermaßen defizient. Die Ursachen sieht Fontane im preußischen Obrigkeitsstaat, wo noch »der letzte Steueroffiziant« sich eines höheren Ansehens erfreue als der erste Literat und wo »nur Examen, Zeugnis, Approbation, Amt, Titel, Orden, kurzum alles das, wohinter der Staat steht, Wert und Bedeutung« hätten. Bismarcks verächtliche Rede von Literaten als »catilinarischen Existenzen« und suspekten Subjekten gebe den Ton vor für das verbreitete Vorurteil: »Wenn einer nichts kann, wird er Schriftsteller oder nennt sich so.« Das den Literaten zugewiesene gesellschaftliche »Aschenbrödeltum« ziehe neben dem materiellen Elend die kollektive psychische Beschädigung eines ganzen Berufszweigs nach sich: »Respekt ist etwas, das kaum vorkommt. Immer verdächtig, immer Blâme. Das ganze Metier hat einen Knacks weg.«[18]

Als der inzwischen über 70-jährige Fontane im selben Jahr mit dem Schiller-Preis doch noch eine staatliche Auszeichnung für seine literarischen Verdienste erhielt, waren die Umstände so unwürdig, dass sich die Freude darüber sehr in Grenzen hielt. Fontanes Nominierung war eine bloße Not- und Kompromisslösung gewesen, nachdem die Jury sich nicht auf einen Kandidaten hatte einigen können und der Preis ohnehin schon bei der letzten Ausschreibung drei Jahre zuvor gar nicht vergeben worden war. Zudem handelte es sich ausdrücklich um einen Dramatikerpreis – eine Gattung, auf der sich Fontane bekanntermaßen überhaupt nicht betätigte. Nur mithilfe eines Notparagraphen in der Satzung wurde Fontane in Würdigung seiner literarischen Gesamtleistung gemeinsam mit dem heute weitestgehend vergessenen plattdeutschen Mundart-Dichter Klaus Groth der Preis verliehen. Fontane holte sich das Preisgeld von 3000 Mark in bar ab und ertrug tapfer den abschätzigen Blick des Geheimrats, der ihm die Summe auszahlte. Der Rest war ihm inzwischen relativ egal: »[…] vielleicht kriege ich einen Leitartikel. Ist mir aber schnuppe«, kommentierte er lakonisch gegenüber dem Sohn seines Verlegers, Hans Hertz.[19]

Tatsächlich lässt sich am Schiller-Preis aus institutionsgeschichtlicher Perspektive erkennen, dass es sich bei den Äußerungen von Karsch oder Fontane nicht nur um das Lamento einzelner Literaten handelt, sondern dass diese durchaus Reaktionen auf strukturelle Muster und Ambivalenzen preußischer Literaturförderung waren. Ins Leben gerufen worden war der Preis 1859 vom preußischen König, um die im Zuge der Feiern zu Schillers 100. Geburtstag, des zehnjährigen Jahrestages der 1848/49er Revolution und des italienischen Risorgimento neu aufflammende bürgerliche Einheits- und Freiheitsbewegung zu kanalisieren und weiterhin einen kulturellen preußischen Führungsanspruch in der nationalen Frage zu demonstrieren. In der kurzen liberalen Hoffnungsphase des preußischen Thronwechsels und der »Neuen Ära« handelte es sich um den ersten staatlichen Literaturförderungspreis in Deutschland überhaupt. Nicht mehr nach dem mäzenatischen Paradigma von Gunstbezeugung und Herrschaftsrepräsentation, sondern von einer fachkompetenten Jury nach Sachkriterien vergeben, spiegelten sich in ihm durchaus die »Neue Ära«-Forderungen nach einem modernen bürgerlichen Verfassungsstaat.[20] Dass dem preußischen Monarchen dabei weiterhin ein Vetorecht eingeräumt wurde, erwies sich jedoch in dieser Hinsicht bald als fatal. Nachdem Wilhelm I. sich bei der Preisvergabe noch weitgehend enthalten hatte, ließen sich die Spannungen zwischen literarischer Sachkenntnis und monarchischem Herrschaftsanspruch unter Wilhelm II. seit 1888 nicht mehr auflösen und führten schnell zur völligen Diskreditierung des Preises.

Immer wieder wurden die Jury-Entscheidungen vom Monarchen aufgrund literatur-externer Motive blockiert: mal passte Conrad Ferdinand Meyer nicht, weil er als Schweizer Ausländer war (»Seine Majestät sind der Meinung, daß auch im Inlande Deutsche Dichter vorhanden seien, denen der Geldpreis zuerkannt werden könne«, heißt es im königlich-kaiserlichen Ablehnungsschreiben).[21] Mal wurde Ludwig Fulda aus antisemitischen Motiven abgelehnt (das Kultusministerium hatte akribisch dessen Privatleben untersucht, um festzustellen, ob Fulda getauft sei).[22] Ohnehin nicht in Betracht kam aus politischen Gründen der allgemein als bedeutendster moderner Dramatiker geltende Gerhart Hauptmann, der dafür zwischen 1896 und 1905 gleich drei Mal den österreichischen Grillparzer-Preis sowie

1912 den in Schweden verliehenen Literaturnobelpreis gewann. Und sowieso außerhalb jedes Horizonts lag eine Preisverleihung an Frauen, wie etwa Wilhelms Ablehnung einer Ehrenmedaille für Käthe Kollwitz im Jahr 1898 zeigt: »Ich bitte Sie, meine Herren, eine Medaille für eine Frau, das ginge denn doch zu weit. Das käme ja einer Herabwürdigung jener hohen Auszeichnung gleich. Orden und Ehrenzeichen gehören auf die Brust verdienter Männer.«[23]

Ganze drei Mal wurde der Preis während der 30 Jahre währenden Regierungszeit Wilhelms II. überhaupt nur vergeben. Eigentlich ließ Wilhelm nur Familienmitglieder wie den Enkel des Prinzen Louis Ferdinand von Preußen, Ernst von Wildenbruch, gelten. Als der Kaiser den unter dem Pseudonym Gerhard von Amyntor dichtenden Generalstabsoffizier Dagobert von Gerhardt ausgezeichnet sehen wollte, verließen die letzten fachkompetenten Jury-Mitglieder entsetzt das sinkende Schiff, weil sie längst um ihren eigenen Ruf fürchten mussten. »Mit der verfluchten Schiller-Commission will ich nichts mehr zu schaffen haben«, empörte sich der renommierte Germanist Erich Schmidt. »Mögen nun andere travailler pour le roi de Prusse.«[24] Dass Schmidt die sprichwörtlich gewordene, auf das 18. Jahrhundert zurückgehende Wendung des notorisch unentlohnten Dienstes in Preußen entfuhr, ist durchaus bezeichnend.

Gleichsam Äonen trennten den Seehandel des zum Flottenbauweltmeister aufgestiegenen Kaiserreichs von den »kargen, kümmerlichen Zeiten« des fritzischen Salz- und Wachsmonopols, das zudem schon damals so aus der Zeit gefallen war, dass es von Goernes Nachfolger Carl August von Struensee 1794 schnellstens wieder abgeschafft wurde.[25] In Bezug auf Kunst und Literatur aber meinte Wilhelm II. unbeirrt auf einem spätest-absolutistischen Monopolanspruch beharren zu können. Noch zum Auftakt des 20. Jahrhundert dekretierte er: »Eine Kunst, die sich über die von mir bezeichneten Gesetze und Schranken hinwegsetzt, ist keine Kunst mehr.«[26] Das konnte natürlich nicht gutgehen.

1902 wurde entschieden, dass der Preis nur noch alle sechs statt alle drei Jahre vergeben werden solle. Einmal, 1908, kam es noch zur Preisvergabe, dann verlaufen sich die Spuren im märkischen Sand. Noch bevor das Kaiserreich in den Trümmern des Ersten Weltkriegs sein Ende fand, war der so hoffnungsvoll begonnene Schiller-Preis so gründlich borussifiziert, dass er zur Literaturförderung nicht mehr taugte.

1 »Die Seehandlung. Preußische Staatsbank. Handel – Verkehr – Industrie – Bankwesen«. Ausst.-Kat. des Geheimen Staatsarchivs Preußischer Kulturbesitz und der Stiftung Preußische Seehandlung. Berlin 1993, S. 10. — **2** »[…] sa fortune rapide altéra son jugement«. Henri Riqueti de Mirabeau: »De la monarchie Prussienne sous Frédéric le Grand«. Tôme III, Livre V, London 1788, S. 404. — **3** Anna Louisa Karsch (1722–1791): »Dichterin für Liebe, Brot und Vaterland«. Ausst.-Kat. zum 200. Todestag, 10. Oktober bis 16. November 1991. Staatsbibliothek Preußischer Kulturbesitz. Hg. von Gisela Staupe. Berlin 1991, S. 12. — **4** Johann Wolfgang Goethe: »Dichtung und Wahrheit«. Hg. von Walter Hettche. Stuttgart 1998, S. 50. — **5** Ute Pott (Hg.): »Plötzlich Poetin!? Anna Louisa Karsch – Leben und Werk«. Göttingen 2022. — **6** Karsch: »Dichterin für Liebe, Brot und Vaterland« (wie Anm. 3), S. 36. — **7** An Rudolf Erich Raspe, 5. März 1771. Zit. n. Karsch: »Dichterin für Liebe, Brot und Vaterland« (wie Anm. 3), S. 61. — **8** Annett Gröschner: »›Die Spazier-Gaenge von Berlin‹. Anna Louisa Karsch (1722–1791)«. Kleist-Museum Frankfurt/O. 2022, S. 24. — **9** Karsch: »Dichterin für Liebe, Brot und Vaterland« (wie Anm. 3), S. 48. — **10** Anna Louisa Karsch: »Gedichte. Nach der Dichterin Tode nebst ihrem Lebenslauff herausgegeben von Ihrer Tochter E. E. v. Klenke«. Berlin 1792, S. XIII. — **11** Theodor Fontane: Rez. Heinrich Pröhle: Friedrich der Große und die deutsche Literatur. Vossische Zeitung, Sonntagsbeilagen Nr. 48 u. 49 v. 1. u. 8. Dezember 1872. In: »Sämtliche Werke«. Hg. von Edgar Gross, Kurt Schreinert u. a. 24 Bde. München 1959–1975, Bd. XXI/2, S. 389. — **12** Theodor Fontane an Ernst Heilborn, 17. November 1896. In: »Werke, Schriften und Briefe«. Hg. von Walter Keitel und Helmuth Nürnberger. 22. Bde. 2. Aufl. München 1971. Abt. IV, Bd. 4, S. 610. — **13** Vgl. Iwan-Michelangelo D'Aprile: »Fontane. Ein Jahrhundert in Bewegung«. Reinbek 2018. — **14** An Wilhelm Hertz, 18. Oktober 1879. Fontane: »Werke, Schriften und Briefe« (wie Anm. 12), Abt. IV, Bd. 3, S. 47. — **15** An Emilie Fontane, 14. Juni 1879. »Emilie und Theodor Fontane. Der Ehebriefwechsel«. Hg. von Gotthard Erler unter Mitarbeit von Therese Erler. 3 Bde. Berlin 1998, Bd. 3, S. 173 f. — **16** Theodor Fontane: »Tage- und Reisetagebücher«. Hg. von Gotthard Erler, Christine Hehle und Charlotte Jolles unter Mitarbeit von Rudolf Muhs und Therese Erler. 3 Bde. Berlin 1994–2012, Bd. 2, S. 59. — **17** Theodor Fontane: »Die gesellschaftliche Stellung des Schriftstellers«. In: »Sämtliche Werke« (wie Anm. 11), Bd. XXI/1, S. 491–495. — **18** Ebd., S. 492. — **19** An Hans Hertz, 20. April 1891. Fontane: »Werke, Schriften und Briefe« (wie Anm. 12), Abt. IV, Bd. 4, S. 114. — **20** Wolfgang Sowa: »Der Staat und das Drama. Der preußische Schillerpreis 1859–1918«. Frankfurt/M. u. a. 1988, S. 67. — **21** Ebd., S. 240. — **22** Ebd., S. 248. — **23** Ebd., S. 246. — **24** Zit. n. ebd., S. 259. — **25** Wolfgang Radtke: »Die preußische Seehandlung zwischen Staat und Wirtschaft in der Frühphase der Industrialisierung«. Berlin 1991. — **26** Zit. n. Sowa: »Staat und Drama« (wie Anm. 20), S. 231.

Meike Feßmann / Clemens J. Setz

Wie man mit einem Esel auf Wanderschaft geht

Ein Gespräch

Meike Feßmann: Sie sind in allen Genres zu Hause, lieber Clemens Setz, Sie schreiben Gedichte, Essays, Theaterstücke, Drehbücher, Erzählungen und Romane. Und Sie bekommen ständig sagenhaft angesehene Preise, zuletzt den Berliner Literaturpreis, den Kleistpreis und den Georg-Büchner-Preis. Stellen Sie sich vor, es kommt schon wieder ein Anruf – Sie bekommen einen Preis. Was denken Sie als Erstes (super: Ruhm, super: Geld, o nein: schon wieder eine Dankrede)?

Clemens J. Setz: Dankreden haben mich bislang nicht so erschreckt, aber bei den letzten Preisen war gerade Pandemie und mir war unklar, wie da die Reisen nach Deutschland verlaufen würden. Es hieß, Delta sei besonders gefährlich für Schwangere, und meine Frau war da gerade schwanger, also kamen mir, mitten im mich Geehrtfühlen, logischerweise auch alle möglichen Sorgen.

MF: Preise sind eine Ehre, auf jeden Fall. Denken Sie trotzdem manchmal in einem Hinterstübchen ihres Kopfes: eigentlich unwürdig, darauf angewiesen zu sein?

CS: Absolut. Das habe ich auch öfter laut gesagt, worauf meist nur wütende Reaktionen kamen. Das ist auch verständlich, denn als Beschenkter hat man zu danken und zu schweigen. – Dennoch stimmt Ihre Vermutung: In mir ist das starke Bedürfnis, diese (oder eine andere) Arbeit auch ohne staatliche oder private Zuwendungen machen zu können. Ich sehe es allerdings auch nicht als Schande an, dass ich das bislang nicht konnte. Ich habe Geld mit Übersetzen oder Artikeln verdient, also mit, wie man sagen könnte, peri-literarischen Arbeiten.

MF: Wäre Ihnen ein stattliches Gehalt, ohne irgendeine Form der Verpflichtung und ohne, dass damit öffentliche Wertschätzung verbunden ist, lieber?

CS: Na ja, jetzt, mit 40, ist das nicht mehr so leicht, ich habe ja sonst keinerlei Berufserfahrung. Einen ordentlichen Beruf mit monatlichem Gehalt werde ich wohl nicht mehr bekommen.

MF: Sind Preise eine subtile Form, jemanden zu kaufen? Oder vielleicht auch gar nicht so subtil? Erpresserisch?

CS: Das alles existiert, aber nicht alle Preise müssen diese Dimensionen enthalten. Es wird ja meist nichts Unzumutbares im Vorfeld von einem verlangt. Falls doch, kann man den Preis ja ablehnen. Habe ich auch schon zweimal gemacht.

MF: Denken Sie manchmal darüber nach, wer sich da mit wem schmückt? Und warum sich eine Institution, eine Stiftung, eine Stadt mit ihnen schmücken will?

CS: Ich hab mich bislang nicht als »Schmuck« betrachtet, wobei mir manchmal aber doch diese alte charmante Praxis des Schmuckeremiten im Kopf herumgeistert ... In einem anderen Jahrhundert wäre ich wahrscheinlich ein solcher, mit Mantel und Kapuze und langem Bart.

MF: Ist es ihnen unangenehm, solche Fragen zu beantworten? Wäre es Ihnen lieber, nicht damit konfrontiert zu sein?

CS: Ich glaube, man sollte solche Fragen auf jeden Fall nicht zu oft beantworten, denn egal, was man antwortet, man wirkt in jedem Fall irgendwie undankbar oder eitel.

MF: Schauen Sie auf die Liste der anderen Preisträger:innen, in welche Tradition Sie gestellt werden?

CS: Nach dem Büchner-Preis haben mir einige Journalisten suggeriert, die Preisträger:innenliste als Melodie zu lesen, mit jedem prämierten Menschen als einzelne Note. Das heißt der Akademie gehe es weniger um die Einzelschicksale, sondern um das Schaffen eines eigenen Kunstwerks, der LISTE. Eine sehr anmutige Perspektive auf das Ganze, die mir, als ewiger John-Cage-Student, natürlich sehr imponiert.

MF: Sie sind ein intensiver Twitter-Nutzer und schätzen auch die poetischen Aspekte der Kurzform. Wie stehen Sie dazu, was Musk mit Twitter treibt? Wenn Sie das Geld hätten, würden Sie Twitter kaufen?

CS: Ich bin inzwischen nicht mehr auf Twitter, aber ja, die Großaktionen ultranarzisstischer Milliardäre sind nie besonders geschmackvoll oder inspirierend. Ich würde Twitter nie im Leben besitzen wollen. Ebenso wenig würde ich Australien oder den Mond oder alle Tannenzapfen der Erde besitzen wollen.

MF: Haben Sie ein Lieblingsgenre?

CS: Als Leser: momentan Texte für WikiHow. Das ist das witzigste, großartigste und enigmatischste, was man im Internet finden kann. Ein Beispiel: https://www.wikihow.com/Apologize-to-a-Cat

Es wird auf dieser Webseite absolut alles erklärt, etwa wie man mit einem Esel auf Wanderschaft geht; wie man mit einer Zitrone duscht, wie man richtig Schnee isst, und sogar »how to shift universes« (!) Und das immer begleitet von denselben seelenruhigen Illustrationen. Die wahre Natur und Welt ist auf WikiHow.

Als Schreiber: ganz altmodisch, Roman und Tagebuch.

MF: Finden Sie es merkwürdig, wenn der »Spiegel« anlässlich Ihres ersten Theaterstücks »Vereinte Nationen« von Ihnen als einem »Literaturwunderkind« spricht?

CS: Ja. Vielleicht wirkte ich damals visuell noch etwas kindlich? Keine Ahnung, warum das Wort verwendet wird.

MF: Schätzen Sie die kooperativen Aspekte der Theaterarbeit?

CS: Das würde ich vielleicht, aber ich war bislang nie Teil des kooperativen Aspekts von Theater. Ich hab immer bloß meine Datei abgeschickt, wenn sie fertig war. Danach wurde mir erzählt, wie die Premiere lief usw.

MF: Sind Sie ein geselliger Mensch?

CS: Nein, eher ein Maulwurf.

MF: Warum wurden Sie am Anfang ihrer Schriftstellerkarriere für einen Nerd gehalten?

CS: Vermutlich, weil ich in Texten Computerspiele erwähnt habe, vielleicht auch wegen meines Aussehens. Der Begriff berührte aber sicher etwas Wahres, denn die Menschen spüren bei mir völlig zu Recht eine gewisse Unentwickeltheit, ein Festhängen in jugendlichen Verhaltensweisen, ein Nicht-Eingeweihtsein in die Regeln der Erwachsenenwelt. Außerdem gilt der Nerd sexuell meist eher als Neutrum, das heißt er wird von allen Seiten, ob hetero oder queer, ob männlich oder weiblich, als *confidant* behandelt. Alle

Welt erzählt ihm bereitwilliger intime Details, weil damit keinerlei Gefahr oder Hierarchieverlust verbunden scheint. Und diese Rolle habe ich durchaus genossen, damals, bis zu einem gewissen Grad. Man sieht die Welt aus einer neuen Perspektive.

MF: Trifft es Sie, wenn Menschen über Ihre Freundlichkeit verwundert sind?

CS: Ja, die sollten sich lieber über meine Ansichten zu UFOs, Ernährung oder der maßlosen Überschätzung von Glenn Gould wundern, das wären alles viel fruchtbarere Themenfelder für Kontroversen.

MF: Sie haben mit der Verleihung des Berliner Literaturpreises das damit verbundene »Angebot« der »Gastprofessur für deutschsprachige Poetik der Stiftung Preußische Seehandlung an der Freien Universität Berlin« erhalten. Kam es Ihnen in den Sinn, es auszuschlagen?

CS: Nein, ich wollte damals unbedingt Schreibende im universitären Kontext unterrichten. Würde ich auch heute noch manchmal gern. Ich hab mich in den Jahren danach öfter bei Unis, zum Beispiel zuletzt an der Angewandten in Wien, für eine Professorenstelle beworben, leider ohne Erfolg.

MF: Sie haben im Rahmen dieser Gastprofessur an der FU Berlin eine Autorenwerkstatt mit Studierenden geleitet. Was waren Ihre Erfahrungen? Kamen Sie sich alt vor? Oder womöglich jünger?

CS: Ich bin damals richtig aufgeblüht. Und einige Monate danach bin ich nochmal ganz kugelrund vor Stolz geworden, als zwei meiner Studentinnen tatsächlich gute Verlage für die im Kurs und auch danach noch per Mail mit mir besprochenen und bearbeiteten Manuskripte fanden.

MF: In Ihrer Antrittsvorlesung zur Gastprofessur an der FU Berlin sprachen Sie von der Literatur als »Biotop mit schwindenden Ressourcen«. Worauf kam es Ihnen dabei an? Und warum handelt es sich um ein Biotop und nicht um ein Soziotop? Oder gar eine Soziopathie?

CS: Biotop klingt einfach lustiger. Aber richtiger ist wohl Soziotop. Ich weiß inzwischen gar nicht mehr, ob meine Aussage über die schwindenden Ressourcen nicht vielleicht Unsinn war. Es wird ja definitiv mehr gelesen als je zuvor. Vermutlich wünsche ich mir einfach eine Situation wie im 19. Jahrhundert, als das Medium, in dem ich beheimatet bin, nämlich der Roman, zufällig auch das populärste war. Aber das war halt eine historische Anomalie. Man sollte das nicht groß beklagen.

MF: Denken Sie auch manchmal, dass die Glorifizierung der Literatur als besonderer Ausdruck von Humanität an der Sache ziemlich vorbeigeht? Wie kommt es, dass Menschen, die die Literatur (einerseits) mit guten Gründen feiern, nicht wahrhaben wollen, dass Lesen und Schreiben sehr einsame Tätigkeiten sind, und dass man sie mit dem notwendigen Ernst (andererseits) nur mit dem Rücken zum Sozialen ausüben kann?

CS: Diese einsamen Seiten der Literatur wirken vermutlich auf viele verlockend und faszinierend, weil sie selber nie gelernt haben, wie man allein bei Verstand bleibt.

MF: Glauben Sie an Seelenverwandtschaft?

Glauben Sie an Geistesverwandtschaft?

Glauben Sie an Körperverwandtschaft?

Glauben Sie überhaupt an Verwandtschaft?

CS: Wie in den wunderbaren Fragebögen von Max Frisch sind solche Crescendi an Fragen mit Folgefragen am schönsten, wenn sie keine Antworten verpasst bekommen.

MF: Finden Sie es lästig oder unverschämt, wenn ich solche Glaubensbekenntnisse erfrage?

CS: Nein, es wird ohnehin viel zu wenig Glaube bekannt. – Ich habe echte Geistesverwandtschaft noch nicht erlebt. Bei mir läuft es immer so ab, dass ich mich langsam in verschiedene Leute, die mich beeindrucken, verwandle. Also keine sofortige Verwandtschaft, sondern eher ein Phänomen der Konversion. Haben Sie echte Geistesverwandtschaft erlebt?

[Ich hoffe, Gegenfragen sind okay]

MF: Ich würde es auf jeden Fall nicht so nennen. Es kommt mir eher die Formulierung intellektuelle Passgenauigkeit in den Sinn. [Guter Konter!]

Wie hat sich Ihr Leben verändert, seit Sie Vater geworden sind?

CS: Am 25. Oktober dieses Jahres gab es eine partielle Sonnenfinsternis. Wir hielten das Buch von der »Raupe Nimmersatt«, das Reihen kleiner

Löcher enthält (die die Raupe nämlich in verschiedene Nahrungsmittel hineinfrisst) ins Sonnenlicht und da, auf dem Parkett des Schlafzimmers: fünf kleine Sicheln, mit denen das Baby spielen konnte!

MF: Haben Sie seither ein anderes Verhältnis zur Welt?

CS: Bin komplett plemplem.

MF: Haben Sie den Eindruck, Sie bekommen durch Ihre Tochter ein völlig anderes Verhältnis zum anderen Geschlecht? Hatten Sie schon einmal die Empfindung, dass Sie seit der Geburt Ihrer Tochter – oder seit dem Wissen um Ihre Existenz – auf eine viel grundlegendere Weise mit Mädchen und Frauen sympathisieren? Oder finden Sie: das Binäre ist ohnehin Unfug (eine falsche Kategorie, eine Erfindung, eine Fiktion, ein Unterdrückungsinstrument)?

CS: Noch spielt Weiblichsein im Leben meiner Tochter keine so hochfrequente, manifeste Rolle. Ich finde solche Kategorien, auch wenn sie grob sind, ganz okaye Werkzeuge, mit denen man ruhig beginnen kann. Mögliche Verfeinerungen sind dann das Werk der kommenden Jahre.

MF: Ein »kleines Zahnrad an privater Poesie« nannten sie in »Bot« die Passwörter, die Sie früher verwendeten, bevor automatische Programme vermeintlich fälschungssichere Verschlüsselungen generierten. Haben Sie schon darüber nachgedacht, andere Zahnräder für »intime Kommunikation« zu entwickeln?

CS: Kosenamen sind immer noch eine gute Möglichkeit.

MF: In ihrem Erzählungsband »Der Trost runder Dinge« finden die Figuren bizarre Wege, um mit ihren Ängsten und Versehrungen umzugehen. Was bedeutet Ihnen der Gedanke des Trostes?

CS: Gerade bin ich total überwältigt von der unerhörten Endpointe des eben erschienenen Doppelromans »The Passenger« / »Stella Maris« von Cormac McCarthy. Sorry, falls ich jetzt spoilere, aber da kommt am Ende heraus, dass das Universum die Hauptfigur, eine extrem begabte Mathematikerin, als vollkommen grausam und nur des Selbstmordes würdig durchschaut zu haben glaubt, ungeheure Mittel aufwendet, zuerst in der Form komplexer Halluzinationen, dann sogar in der Form eines Therapeuten, um sie, die obendrein noch um ihren verunglückten Bruder trauert, in der Welt zu halten. Alle werden von einer mysteriösen Instanz geschickt, die über ein

»Portfolio« verfügt. Der gesamte erste Teil, »The Passenger«, ist der Koma-Traum des Bruders – und selbst er wird darin von dieser tröstenden und wohlmeinenden Instanz besucht, von der mit dem »Portfolio«. Er weiß es gar nicht, denn er glaubt, er sei noch am Leben und erlebe einen ungewöhnlichen Thriller-Plot.

Sowas Tröstliches muss man sich erst mal zu schreiben getrauen. Ich könnte das nicht.

MF: Sie schrieben einmal, Sie wollten nicht für immer Autor sein. Es überkomme Sie regelrechter »Ekel« beim Gedanken, mit 45 oder 50 »immer noch um Stipendien ansuchen, auf Preise hoffen« zu müssen. Es soll sich dabei um einen Tagebucheintrag vom März 2014 handeln, so steht es in »Bot«. Sie sind gerade 40 geworden. Eine klassische Bilanz-Etappe. Verfolgen Sie den Gedanken weiter? Oder verfolgt er sie?

CS: Ja, natürlich. Ich weiß leider keine würdevolle Antwort darauf.

MF: Mir geht öfters das »Katzenlamm« durch den Sinn, dass Sie sich in »Die Bienen und das Unsichtbare«, Ihrem Buch über Plansprachen und Poesie, von Kafka borgten. Sie sprachen vom »Tänzeln des Verstandenwerdens« als »unserer eigentlichen Natur«. Welche Sprache sprachen Sie mit Ihrem Kater Esel?

CS: Anfangs nur Deutsch, dann später hauptsächlich Schnalzlaute mit der Zunge, die verstand und merkte er sich besser. Er muss wohl davon überzeugt gewesen sein, dass sein Name »Ts ts ts« lautete.

MF: Demnächst erscheint Ihr fünfter Roman, »Monde vor der Landung«, in dem es um die Gründung einer neuen Religionsgemeinschaft Anfang des 20. Jahrhunderts geht. Der Suhrkamp Verlag nennt ihn »bestürzend aktuell«. Würden Sie ihn auch so beschreiben, oder fällt Ihnen spontan eine andere Charakterisierung ein?

CS: Ich habe zwölf Jahre an dem Buch gearbeitet, was ein Wort wie »aktuell« vermutlich eher unwahrscheinlich erscheinen lässt. Allerdings gibt es tatsächlich verblüffende Ähnlichkeiten zwischen der heutigen Welt und der vor ziemlich exakt 100 Jahren. Etwa die ungeheure Blüte an esoterischen oder alternativweltlichen Parallelebenen im gewöhnlichen Alltag.

MF: Lassen wir noch ein paar Jährchen ins Land gehen. Wieder einmal kommt ein Anruf, dieses Mal aus Stockholm: Literaturnobelpreis! Freude groß – und plötzlich fällt Ihnen ein, dass Ihre Tochter am Tag der Verleihung einen bedeutsamen Tag hat. Spielen Sie mit dem Gedanken, den Preis abzulehnen?

CS: Oh, natürlich, sofort absagen. Denn woran werde ich mich eher erinnern, wenn ich dereinst zerbeult und alt und dem Tod nahe in irgendeiner Kammer liege? An »Damals war ich allein in Stockholm« oder »Damals hatte meine Tochter ihr erstes Roboter-Turnier und ihr Roboter hat all die anderen Roboter klar überlistet«?

Das Ulkige bei dem Nobelpreis ist ja, dass man nur das Geld, nicht aber den Preis an sich ablehnen kann. Sartre wollte ihn nicht, schrieb sogar einen sehr unhöflichen und zornigen Ablehnungsbrief, und sie haben ihn einfach trotzdem als Preisträger in die ewige Liste aufgenommen. Das hat was von einer Komödie.

Mich hat auch immer sehr amüsiert, wie total genervt manche reagiert haben, als sie den Nobelpreis bekamen, zum Beispiel Doris Lessing (»O Christ!«) oder Beckett (»Eine Katastrophe«) oder Bob Dylan (wochenlanges ghosting) oder ganz zuletzt Louise Glück, die sich sichtlich zusammenreißen musste, um am Telefon mit dem Reporter von der Webseite Nobel.org nicht ausfällig zu werden. Was haben die alle? Ich weiß es nicht. Aber witzig ist es.

Michael Braun

Literaturpreise und Kanonbildung

Am 17. Oktober 2022 fand im Römersaal des Frankfurter Rathauses die Verleihung des Deutschen Buchpreises statt. Sechs Finalisten, die eine Jury auf die Shortlist gesetzt hatte, warteten auf die Verkündung des Preisträgers. Karin Schmidt-Friderichs, die Vorsteherin des Börsenvereins des Deutschen Buchhandels, der diesen Buchpreis für den besten deutschen Roman 2005 gestiftet hat und seither regelmäßig zum Auftakt der Frankfurter Buchmesse verleiht, verkündete nach einer Kunstpause den gekürten Namen – Kim de l'Horizon – und verlas den Begründungstext auf der Urkunde: »Mit einer enormen kreativen Energie sucht die non-binäre Erzählfigur in Kim de l'Horizons Roman ›Blutbuch‹ nach einer eigenen Sprache. Welche Narrative gibt es für einen Körper, der sich den herkömmlichen Vorstellungen von Geschlecht entzieht?

Fixpunkt des Erzählens ist die eigene Großmutter, die ›Großmeer‹ im Berndeutschen, in deren Ozean das Kind Kim zu ertrinken drohte und aus dem es sich jetzt schreibend freischwimmt. Die Romanform ist dabei in steter Bewegung. Jeder Sprachversuch, von der plastischen Szene bis zum essayartigen Memoir, entfaltet eine Dringlichkeit und literarische Innovationskraft, von der sich die Jury provozieren und begeistern ließ.«[1]

Mehr Literaturpreise als (gute) Schriftsteller?

Der Deutsche Buchpreis ist ein Höhepunkt im Kalendarium der deutschsprachigen Literaturförderung. An öffentlichem Aufmerksamkeitswert und ökonomischem Erfolg kann er sich mit seinen Vorbildern messen, im englischsprachigen Raum mit dem Booker Prize und in Frankreich mit dem Prix Goncourt. Der mehrstufige Auswahlprozess, das Play-off-System von Long- und Shortlist, das kulturelle Kapital der durch diese Listen, auf Social-Media-Kanälen und in Online-Videoporträts vermarkteten Autorinnen und Autoren sichert dem Buchpreis im deutschen Literaturbetrieb mehr Aufmerksamkeit als den etwa 1000 Literaturpreisen, die Deutschland zu der weltweit reichsten, aber auch streitbarsten Literaturförderlandschaft machen.[2] Doch in Konkurrenz mit anderen renommierten Preisen wie dem Büchner- oder dem Kleistpreis, im Wechsel der Bestseller- und der Bestenlisten, angesichts des saisonalen Wandels belletristischer Novitäten hat es ein einzelner Preis schwer. Die »Dynamik des Kampfes um Aufmerksamkeit und Wertausschreibung«[3] ist auch ein Innovationszwang. Wie beständig ist ein preisgewürdigtes Werk? Was bleibt von der Performance des Autors oder der Autorin bei der Preisverleihung? Und warum haben gerade Ritualbrüche bei diesen Kulturevents einen Einfluss auf die Kanonbildung? Rainald Goetz schnitt sich bei den Klagenfurter Literaturtagen 1983 in die Stirn; Hans Magnus Enzensberger sprach 1993 bei der Verleihung des Preises Das Politische Buch über die Entbehrlichkeit von Literaturpreisen; Martin Walser provozierte, als er 1998 den Friedenspreis des Deutschen Buchhandels erhielt, mit einer Rede gegen die politische Erinnerungskultur; Elfriede Jelinek reiste 2004 gar nicht erst zur Nobelpreisverleihung in Stockholm an. Wer nicht als Mitspieler im Preiskarussell mitfährt, sondern Regeln bricht und Rituale missachtet, erhöht dadurch offenbar den kanonischen Geltungsanspruch der Autorschaft und des jeweils aktuell ausgezeichneten Werks.

Auch im Oktober 2022 war einiges anders. Mit Kim de l'Horizon betrat erstmalig eine literarische Person die Bühne, die ihr Geschlecht als nichtbinär definiert und über diese familiengeschichtlich und soziokulturell belastete Transition im Gestus eines befreienden *life writing* einen Roman geschrieben hat. »Blutbuch« ist ein auch in Typografie und Erzählsprache diverses Buch, das seine Urheberschaft im Klappentext mit einer realen Fotografie und einem halberfundenen Lebenslauf beglaubigt: »Kim de l'Horizon, geboren 2066 auf Gethen. In der Spielzeit 21/22 war Kim Hausautor an den Bühnen Bern. [...]. Heute aber hat Kim genug vom ›ICH‹, studiert Hexerei bei Starhawk, Transdisziplinarität an der ZHdK und textet kollektiv im Magazin DELIRIUM.« Anders war vor allem die Form der Danksagung, die neben Laudatio, Urkundenverlesung und musikalischer Umrahmung zu den stabilen Elementen einer Preisfeier gehört. Kim de l'Horizon sang den Song »Nightcall« (über eine Transitionserfahrung), rasierte sich den Haarschopf ab und kommentierte dies mit einem Dank für die Entscheidung der Jury für einen nichtbinären Körper und mit einem Bekenntnis für die protestierenden Frauen im Iran.

Preise im Literaturbetrieb: der Deutsche Buchpreis

Einen größten gemeinsamen Nenner kann man bei den ausgezeichneten Autoren nicht angeben, zu groß sind die Unterschiede in Herkunft und Alter der Autoren, in Thematik, Stil und Form ihrer Werke. Die Preise haben jeweils ein unterschiedliches Profil; der Georg-Büchner-Preis gilt einem bereits etablierten Werk, ebenso der Breitbachpreis, während der Bachmannpreis nach dem Vorbild des Lesewettbewerbs in der »Gruppe 47«[4] für einen gelesenen und vom Autor unkommentiert belassenen Text meist epischer Gattung, der Buchpreis für einen aktuellen Roman verliehen wird, und der Literaturpreis der Konrad-Adenauer-Stiftung (seit 1993) einem Autor verliehen wird, der – so die Satzung – der Freiheit das Wort gibt.[5] Meistens haben die ausgezeichneten Autoren eine stabile Lesergemeinde und stehen hoch im Kurs bei der Kritik, was sie freilich nicht immer zu Bestsellerautoren macht.

Dieser ‚ausgezeichnete‹ Teil der deutschen Gegenwartsliteratur standardisiert einen mehrheitsfähigen Geschmack. Er etabliert die für die Gegenwartsliteratur konstitutive, oft streitbare Zeitgenossenschaft von Autor, Kritiker und Leser. Im Literaturbetriebsroman stiftet dieses Bündnis ein Emplotment. Das Übergehen von Autorin bzw. Autor bei der Buchpreisverleihung wird in Marlene Streeruwitz' Roman »Nachkommen« (2014) als Farce[6] und in Thomas Glavinics Roman »Das bin doch ich« (2007) als Literaturbetriebssatire erzählt.[7]

Der Deutsche Buchpreis[8] ist eine hochgeachtete Marke im Kulturbetrieb. Neben der rituellen Gabentauschlogik von Preisverleihungen – symbolisches Aufmerksamkeitsgut[9] wird gegen ökonomisches Kapital getauscht –[10] und dem Renommee, das sie den Autoren und ihren Verlagen einbringen, hat der Deutsche Buchpreis auf breiterer Basis etwas bewirkt, das man hierzulande in der Förderkultur geraume Zeit vermisst hat. Man vergleicht wieder Bücher, man streitet über den »besten Roman«. Die Konkurrenz hat den Diskurs über belletristische Bücher belebt.

Die Erfinder im Vorstand des Börsenvereins des Deutschen Buchhandels haben sich an Vorbildern aus dem Ausland orientiert: am Prix Goncourt, der seit 1903, inspiriert durch den zwei Jahre zuvor begründeten Nobelpreis für Literatur, von der Académie Goncourt für das beste erzählerische Werk in französischer Sprache vergeben wird, und am Man Booker Prize, den seit 1969 die britische Firma Booker plc, seit 2002 die Stiftung Booker Prize Foundation für den besten englischsprachigen Roman verleiht. Es war allerdings der zweite Anlauf. Dem Vorläufer des Buchpreises, dem Deutschen Bücherpreis, war nicht so viel Glück beschieden. Der Bücherpreis wurde in den Jahren 2002 bis 2004 auf der Leipziger Frühjahrsbuchmesse in den klassischen Sparten verliehen, darunter auch in der Belletristik. Allerdings war er nicht dotiert. Statt eines Schecks erhielten die auserkorenen Autoren, darunter auch Debütanten, eine von Günter Grass gestaltete, acht Kilogramm schwere Bronzetrophäe, den »Bücher-Butt«, der im Werk von Grass für Lebenserfahrung und Weisheit steht.

Am Anfang der Ermittlung des Deutschen Buchpreisträgers steht die Jueyzusammensetzung. Die zehnköpfige Akademie Deutscher Buchpreis, die aus Mitgliedern der Buch- und Medienbranche besteht und 2004 vom Börsenverein des Deutschen Buchhandels einberufen wurde, beruft jährlich eine siebenköpfige Jury. Das Prinzip »Neue Juroren – neue Bücher« hat sich bislang bewährt. In den ersten Jahren waren noch Autoren an der Auswahl mitbeteiligt, u. a. John von Düffel, Bodo Kirchhoff, Terézia Mora, Juli Zeh. Die späteren sieben Weisen sind überwiegend Kritiker, die für angesehene Kulturmedien (Deutschlandfunk, Tagesspiegel, Focus, WDR, FAZ u. a.) arbeiten.

Das dreistufige Verfahren aus Longlist, Shortlist und Preisverleihung fängt damit an, dass die Verlage bis zu zwei Buchtitel zur Auswahl vorschlagen können, die zwischen dem Oktober des Vorjahres und dem Datum der Publikation der aktuellen Shortlist im Buchhandel erschienen sein müssen. Naturgemäß dominiert dabei das Verlagswesen in Deutschland (über 60 Verlage mit Einreichungen) gegenüber dem in Österreich und in der Schweiz. Insgesamt müssen die Juroren etwa 150 Romane in knapp vier Monaten lesen. Selbst wenn man die aufgrund ihrer Exotik von vornherein ausgemusterten Bücher abzieht, dürfte man mit der Schätzung von zehn Buchlektüren pro Woche nicht ganz falsch liegen: ein Lesepensum, das angesichts der Mehrhundertseitenzahl der Romane auch von professionellen Kritikern, selbst wenn sich die Lektüreaufgaben der Juroren teilweise mit ihrem Hauptberuf decken, kaum zu bewältigen ist.

Die Mitte August veröffentlichte Longlist aus 20 Buchpreiskandidaten (die erste Stufe) ist ein wirksames Marketinginstrument. Man sieht das in jeder besseren Buchhandlung, die für die Titel einen Ausstellungstisch oder ein Regal einrichtet. Das »Börsenblatt« hat viele Jahre lang über Buchhandlungen das kostenlose »Booklet Deutscher Buchpreis« mit Leseproben, Autorenporträts und Hintergrundinformationen zur Verfügung gestellt, 2020 wurden Audioporträts der Shortlistkandidatinnen ins Internet gestellt. Auch auf den Websites des Börsenvereins und der Heimatverlage der Kandidaten werden diese eigens gewürdigt. Es gab – bis zum Datum der Publikation der Shortlist – Blinddate-Lesungen von Longlist-Autoren von Köln bis St. Petersburg; das Geheimnis, wer wo liest, wird erst am Tag der Lesung gelüftet.

Mitte September werden sechs Kandidaten für die Shortlist ausgerufen. In der zweiten Runde des Verfahrens kommt es dann nochmals zu einer Marktwertsteigerung. Die übrig gebliebenen Bücher werden ein zweites Mal besprochen, die Autoren interviewt, die Romane in Auszügen übersetzt, was man seit 2007 auf der englischsprachigen Seite des Online-Kulturmagazins perlentaucher.de nachlesen kann. Die Preisverleihung ist die dritte Stufe des Verfahrens, der Höhepunkt. Wer der neue Preisträger ist, wird erst in der Feierstunde auf der Frankfurter Herbstbuchmesse publik gemacht; der Hauptpreis ist mit 25 000 Euro dotiert, die Mitfinalisten bekommen jeweils 2500 Euro. Das Ereignis fällt also mit der Nachricht zusammen.

An dieser Stelle wird die Sache bedenkenswert. Denn spätestens bei der Verleihung zeigt sich, worauf es wirklich ankommt: auf öffentliche Aufmerksamkeit. Dieses Gut ist hart umkämpft und begehrt in einem Literaturbetrieb, der seine Preise inzwischen nach fast jedem verstorbenen Dichter mit Rang[11] mit dessen Namen schmückt.

Preise sind so reichlich vorhanden, dass die Autoren, auch wenn sie sie in seltenen Fällen ablehnen oder sich kritisch gegenüber der Preisverleihung äußern, von der Dotation einen mehr oder minder guten Teil ihres Lebensunterhalts bestreiten können. Neben diesem ökonomischen Profit können sie mitsamt ihrem Verlag symbolisches Kapital aus der Verleihung schlagen. Denn mit einem Literaturpreis winken publizistische Anerkennung und literarische Reputation. Daniel Kehlmann hat die »bestsellerischen Glückskatastrophe[n]« von Literaturpreisen gewürdigt, weil sie den Autor zwar für einen bestimmten Zeitraum der Geldsorgen entledigen, ihn aber auch aus seinem autonomen Schreibraum reißen und ihm ein Übermaß an öffentlicher Aufmerksamkeit zumuten: Wenn er wieder einmal fälschlicherweise für den Verfasser einer beliebten Zeitungskolumne gehalten werde, glaube er, schreibt Kehlmann, der Versuchung des Ruhms fast selbst: »Das Verbreitete taugt nicht mehr zum Distinktionsgewinn«.[12] Im Sinne dieser »Entfremdungsklage«[13] fürchten manche eine Überförderung der Gegenwartsliteratur oder sehen durch einen überpreisten Literaturbetrieb den individuellen Freiraum zum Schreiben gestört. »Umgerechnet auf eine durchschnittliche Lebensspanne von fünfzig Jahren«, so rechnet Kehlmann die Anforderungen des Lesungs- und Literaturpreisbetriebs hoch, könne das »einen Literaten etwa drei Romane mittleren Umfangs kosten«.[14]

Ritual und Ritualbruch in Forschung und Praxis

Der Ritualbruch ist Testfall für das differenzierte Zusammenspiel von Preisträger, Preisstifter, Verlagen, Medien, Kritik, Publikum. Er macht transhistorische »Herrschaftseffekte« in der Weltrepublik der Literaturpreise sichtbar.[15] »Der Störfall provoziert nahezu jede Instanz im Feld dazu, sich in allen wichtigen Fragen der literarischen Kommunikation zu positionieren.«[16] Abweichungen vom Ritual können sich theoretisch bei jeder Preisvergabe ereignen, sogar beim Literaturnobelpreis; die preisvergebende Instanz, die Schwedische Akademie, sagte aufgrund interner Belästigungs- und Korruptionsskandale die Verleihungen für 2018 ab.

In der Forschung wird das Phänomen des Literaturpreises nicht nur als feldtheoretische Erscheinung untersucht, die den »Glauben an den Wert der Werke« bestärkt,[17] oder als Inszenierung einer Aufmerksamkeitsökonomie betrachtet, bei der es auf das Selbst- und Außenbild (meist) starker Autorschaft ankommt.[18] Vielversprechend ist auch der kulturanthropologische Ansatz, Literaturpreise als Rituale zu betrachten:[19] als wiederholte Urszene mit unterschiedlichem kalendarischen und topografischen Ort und als symbolischen Vollzug einer ästhetischen Ordnung mit eigenständiger Dramaturgie für eine Gruppe und vor einer Gruppe, die nummerisch weitgehend eingegrenzt ist. Diese rituelle »Gelegenheit zum kleinen Fest«[20] wird im Rahmen einer Feierstunde vollzogen, deren Bestandteile durch Festigkeit und Festlichkeit geprägt sind. Laudatio und Dankrede, Grußwort eines Vertreters der Preisvergabe-Institution, Preisübergabe mit Urkunde und Scheck,[21] musikalische Umrahmung, geladenes, oft handverlesenes Publikum, Verleihungsort und -datum, Pressepräsenz, interne und öffentliche Dokumentation: das sind die basalen Elemente der Verleihung eines Literaturpreises.[22]

Sorge vor erwartbaren Ritualbrüchen mag die Ermittlung eines geeigneten Preisträgers in mancher Jury-Diskussion mitbestimmen. Im Zuge der Beratungen zum wiederbelebten Büchner-Preis 1951, mit dem Gottfried Benn ein Comeback in der Nachkriegsliteratur feierte, war auch Stefan Andres, ein damals vielgelesener Autor der Inneren Emigration, genannt worden. Er hat den Preis aber nicht bekommen, vermutlich »– die Protokolle der Darmstädter Akademie belegen das –, weil man befürchtete, er werde seine Rede womöglich in nicht mehr ganz nüchternem Zustand halten.«[23] Ein anderes Beispiel ist Walter Kempowski. An ihm waren Preise lange Zeit vorbeigegangen, weil ihn die Kritik als in die Literatur verirrten Archivar unterschätzt hatte. In seiner Dankrede zum Empfang des Literaturpreises der Konrad-Adenauer-Stiftung, den er für seine kollektive Chronik der Kriegsendmonate »Das Echolot« (Bd. 1–4, 1993) erhielt, unterschied er am 3. Mai 1994 in Weimar die Preise, die zu früh oder zu spät kommen, von denen, die genau zur rechten Zeit eintreffen: »Und Presse, Rundfunk und Fernsehen, denen es bis dahin gefiel abzuwinken, wenn sein Name genannt wurde, weil er irgendwie quer zum Strom lag, Menschen der öffentlichen Meinung [...], vernehmen das Lobesdiktum und packen ihr Besteck zusammen. ›Wie heißt der Mann?‹ fragen sie und treten zum Sternmarsch an, ganz ohne Betroffenheit und ohne Kerzen.«[24] Mit milder Ironie gabelt Kempowski hier das Problem auf, dass die Dichterehrung, wenn sie nicht zur rechten Zeit oder gar nicht kommt, ein »Zeichen mehr des Leidens als des Glücks« ist:[25] das Tasso-Problem der Literaturpreise. An Goethes Tasso wird prototypisch deutlich, dass der Dichter der symbolischen Ehrung seiner Leistung bedarf, gerade wenn er sich diese mühsam verdient hat und sich für den Lorbeer ›nichts‹ kaufen kann.

»Festzertrümmerung«: Thomas Bernhards Preise

Der Ruf von Thomas Bernhard als »der deutschen Literatur düsterster Poet und bitterster Prophet«,[26] der mit seiner Hassliebe zu Österreich die Geister scheidet, eilte seinem Buch »Meine Preise« voraus.[27] Erschienen ist es, nach einem Vorabdruck in der »Frankfurter Allgemeinen Zeitung« im November/Dezember 2008, im Jahr darauf aus dem Nachlass auf der Grundlage eines 50-seitigen Typoskripts, das um 1980 entstand und vom Autor wahrscheinlich für einen späteren Druck präpariert wurde. Es enthält neben den Texten für drei Dankreden die Berichte des Autors über neun Preisverleihungen von den insgesamt dreizehn Preisen, die er erhalten hat: den Julius-Campe-Preis (1964), den Literaturpreis der Freien und Hansestadt Bremen (1965), die literarische Ehrengabe des Kulturkreises im Bundesverband der Deutschen Industrie (1967), den sogenannten Kleinen Österreichischen Staatspreis und den Anton-Wildgans-Preis (1968), den Georg-Büchner-Preis (1970), den Franz-Theodor-Csokor-Preis und den Grillparzer-Preis der Akademie der Wissenschaften in Wien (1972), den Literaturpreis der Österreichischen Bundeswirtschaftskammer (1975); hinzu kommen der Adolf-Grimme-Preis (1972) und der Hannoversche Dramatikerpreis und der Prix Séguier (1974), nach 1980 dann die internationalen Ehrungen Premio Letterario Prato (1982) und Premio Letterario Internazionale Mondello (1983) bis zum Antonio-Feltrinelli-Preis (1987) und dem Prix Medicis (1988).

In dem Band sind die Darstellungen der Preisverleihungen nicht chronologisch, sondern punktuell nach deren biografischer Bedeutung für den Autor angeordnet, der hier, wie auch anders, ein Schreiben der gnadenlosen Selbsterforschung und Hassliebe praktiziert.[28] Was die einzelnen Berichte verbindet, sind Rituale: Selbstinszenierungen von eigensinniger, hypersensibler Autorschaft mit dem Zugeständnis eigener »Eitelkeit, Selbstbeschönigung und Heuchelei« (MP 101), Beteuerungen der finanziellen Notwendigkeit von Literaturpreisen und Dokumentationen von Daten der Feierstunden. Dazu gehören Hin- und Rückreise, Ort und Zeit der Verleihung, die Urkunden. An den Preis-Dotationen in D-Mark und Österreichischen Schilling muss Bernhard besonders gelegen sein, denn damit finanziert er seit 1965 den Kauf und kostspieligen Ausbau eines Vierkanthofs in der Nähe von Gmunden oder kauft sich – vom Preisgeld des Campe-Preises[29] – ein neues Auto. Zu den sprechenden Details im Dienst am Ritual gehört auch die Nenntante Hedwig Stavianicek, Thomas Bernhards Gefährtin und Begleiterin zu den Feierlichkeiten über fast drei Jahrzehnte lang. Sie kommentiert seine habituellen Vorbereitungen zu den Feiern und sekundiert dem Autor als kritische Vertrauensperson. So stuft sie den anthrazitfarbenen Anzug, den Bernhard Stunden vor der Grillparzer-Preisverleihung in Wien kauft, »als akzeptabel« ein (MP 9) und amüsiert sich mit Bernhard darüber, dass nach der Feierstunde der zu kleine und schon getragene Anzug im Bekleidungsgeschäft »umstandslos« gegen einen diesmal passenden umgetauscht wird (MP 19).

Der Anzug ist auch der Grund für die eher heitere Störung der Preis-Zeremonie, denn Bernhard, der sonst im Pullover aufzutreten pflegt, wird weder am Eingang noch im Saal der Akademie erkannt, weshalb er sich, statt in die erste Reihe, in die Mitte des Raums setzt. Dort wird er kurz vor Beginn der Veranstaltung identifiziert und will sich nun persönlich vom Akademiepräsidenten zum reservierten Ehrenplatz führen lassen. Am Ende verschwindet er, wie er gekommen ist: unauffällig und eilfertig. Dass beim Zeremoniell der Autor nicht da ist, wo er hingehört, ist die Pointe, die in den folgenden Berichten mit zunehmender Schärfe und dramaturgisch ausgeklügelter Bitterkeit variiert wird. Bei der Verleihung der Ehrengabe des Kulturkreises im Bundesverband der Deutschen Industrie (BDI) im Regensburger Rathaus, die er gemeinsam mit Elisabeth Borchers empfängt, kommt es zu einer Verwechslung der Preisträger, die bei der Überreichung des Schecks vom Präsidenten des BDI mit »*Frau Bernhard und Herrn Borchers*« angeredet werden (MP 30). Für die Notizen zu der Rede, die er im Bremer Rathaus zum Empfang des dortigen Literaturpreises hält, nimmt er sich kurz vor Beginn der Feierlichkeit »zehn oder zwölf Minuten« Zeit (MP 44) und verlässt sich ganz auf seinen Einfallssatz: »Mit der Kälte nimmt die Klarheit zu.« (MP 44, 120) Die Kette von Missverständnissen und »Unzuständigkeitsakten« der Preisverleiher gegenüber dem Preisträger (so Bernhards Darmstädter Laudator Günter Blöcker 1970) reißt bis zur Büchner-Preisverleihung nicht ab. In Darmstadt düpiert er seinen Sitznachbarn, den Merck-Preisträger Joachim Kaiser, indem er ihm das kleinere Gewicht von dessen Urkunde vorhält. Und in seiner Ansprache gelingt es Bernhard, das Ritual einer Büchner-Rede über Büchner zu unterlaufen und dies im gleichen Atemzug zu dokumentieren, indem er die Diktion des »Hessischen Landboten« und von Büchners »Danton« nachahmt, ohne den Namen des Dichters zu nennen, weil er sich »nicht immerfort auf unsere Großen ausreden und unsere eigene erbärmliche Existenz und Hilflosigkeit an diese Großen mit aller Gewalt und Gezeter hängen will. Es ist üblich, daß die Leute, wenn sie eine Kantplakette bekommen oder einen Dürerpreis, lange Reden über Kant halten oder über Dürer, fade Fäden ziehen von den Großen zu sich selbst und ihr Hirn ausquetschen über der Versammlung wie ein faules Lexikon« (MP 110f.).

Der größte Eklat passiert, als Bernhard mit seiner Tante am 4. März 1967 im Audienzsaal des Wiener Kulturministeriums den Österreichischen Staatspreis für Literatur bekommt, »auf den Tag genau dreißig Jahre später« als sein Schriftsteller-Großvater (MP 67), mit dem Lamento aber, es handle sich zu seiner Demütigung »um den sogenannten *Kleinen Staatspreis*« für eine bestimmte Arbeit (MP 66). Die Skandalisierung von Bernhards wiederum kurzer Rede, die den Staat als zum Scheitern verurteiltes Gebilde, die »zuhöchst philosophischen und unerträgliche Vorgeschichte« des Landes und die Österreicher als apathisch bezeichnet, setzte unmittelbar nach ihrem Abschluss ein. Das Festpublikum verließ mit dem wutschnaubenden

Minister den Saal. Die Berichte über den Skandal, die in Bernhards Bericht »Meine Preise«, in seiner autobiografischen Erzählung »Wittgensteins Neffe« (1982) und in dem Brief vom 16.3.1968 an seinen Verleger Siegfried Unseld überliefert sind, variieren in Einzelheiten, aber es ist wenig sinnvoll, mögliche Fehler oder gar Unwahrheiten aufzusuchen,[30] weil die Unstimmigkeiten in den Darstellungen ein dramaturgisches Prinzip sind[31] und keine zeithistorische Beweiskraft beanspruchen. So ist es viel bühnenwirksamer, wenn die Saaltür, die der davonstiebende Minister zuschlägt, in »tausende Scherben zersplittert«, als wenn es sich nur so anhört, als seien die Scheiben der Türe[32] oder der Saalfenster[33] zersprungen.

Was bleibt von den Literaturpreisen im Kanon?

Insgesamt gesehen haben Literaturpreise im dichten und diversen literarischen Feld die Funktion, »Wertmuster für ästhetische Qualität zu identifizieren und institutionelle Anerkennung als ästhetisches Ereignis zu zelebrieren«.[34] Sie unterstreichen die Vielfalt des literarischen Lebens. Sie werden von den Autoren gebraucht, »für das Ego und für die Geldbörse«, wie Eva Menasse bei der Verleihung des Gerty-Spies-Preises am 24.9.2013 in Mainz sagte.[35] Zudem sind sie ein Instrument, das Ordnung schafft in der Gegenwartsliteratur und lesenswerte Bücher anzeigt. Aus der Sicht des Buchhändlers, des Bibliothekars und Lesers ist das auf jeden Fall hilfreich. Darauf weisen die Leserempfehlungen beim Internetbuchhändler Amazon hin, die sich gegenseitig die Longlist-Titel zuspielen. Der Buchpreis wird auch im Ausland als Gütesiegel der deutschen Literatur wahrgenommen. Fünf der sechs Shortlist-Titel aus dem Jahr 2006 wurden im angloamerikanischen Raum übersetzt, Anja Kampmanns Debütroman »Wie hoch die Wasser steigen« (2018) über europäische Arbeitsmigranten und den Energiewandel wurde im Jahr des Erscheinens für den Preis der Leipziger Buchmesse, den aspekte-Literaturpreis und den Deutschen Buchpreis nominiert, 2019 war das Werk unter den Finalisten des National Book Award in den USA, wurde ins amerikanische Englisch und 2021 auch ins Französische übersetzt. Andererseits gibt es auch eine lesenswerte Literatur jenseits des Buchpreiskanons. Bei einer jährlichen Romanproduktion von ca. 6000 Titeln kommt ja nur jeder tausendste Roman auf die Shortlist.

Wenn Literaturpreise in die Literatur kommen, tauschen sie ihren präsentischen Charakter gegen die Rolle ein, die sie für den Preisempfänger spielen. Der erzählt dann als ironischer Chronist wie in Günter de Bruyns Roman »Preisverleihung« (1972) oder als Autor der »Festzertrümmerung« (MP 83) wie Thomas Bernhard. Im Störfall wird das Ereignis zur Erzählung, zum Spotlight auf die Risse und Brüche des Zeremoniells. Rituale sind ein dominantes Merkmal in der Aufmerksamkeitsökonomie von Literaturpreisen. Die »Konsensproklamation« bei Preisverleihungen durch den Austausch symbolischer und wirtschaftlicher Gaben stiftet ein Gleichgewicht von Kunst und Kapital, ästhetischem Wert und Marketing-Wert des ausgezeichneten literarischen Werks. Ritualbrüche hingegen stören die Repräsentationslogik und das Ehren-Gleichgewicht des Literaturpreises.

Günter de Bruyn lässt einmal seinen Romanhelden, den Universitätsdozenten Overbeck, bei seiner Laudatio auf ein Werk ohne Autor verunglücken. Die Laudatio ist eigentlich dazu da, um den Preisträger zu ehren, seine Verdienste zu rühmen und die Vorzüge seines Werks oder seiner Werke, möglichst auch im Sinne der Intention des Literaturpreises, herauszustellen. Im Feld der Gattungen gehört sie zur Panegyrik, zu den Lobreden auf Künste und Wissenschaften; ihre Formelemente sind »panegyrischer Stil, commendatio [Empfehlung], Notabelnkatalog (als Ersatz des Heroenkatalogs), ›Erfindertopos‹«.[36] De Bruyns Roman »Preisverleihung« (1972) bricht jedoch mit diesem panegyrischen Ritual. Er stellt den Kanon-Anspruch von Preisverleihungen ironisch infrage. Das »Geisterahnenregister«, mit dem der überforderte Preisträger die Standardfrage nach seinen literarischen Vorbildern beantwortet, besteht »genau zur Hälfte« aus den Namen der Gäste der Preisverleihung.[37]

1 https://www.deutscher-buchpreis.de/news/eintrag/kim-de-lhorizon-erhaelt-den-deutschen-buchpreis-2022-fuer-blutbuch. — **2** Vgl. die Angabe im online Handbuch der Kulturpreise, zitiert nach Christoph Jürgensen / Antonius Weixler: »Literaturpreise: Geschichte – Geschichten – Funktionen«. In: Dies. (Hg.): »Literaturpreise. Geschichte und Kontexte«. Berlin 2021, S. 1–28, hier S. 21; das DFG-Projekt »Literaturpreise im deutschsprachigen Raum seit 1990: Funktionen und Wirkungen« listet 1176 Literaturpreise innerhalb des Zeitraums 1990–2019 auf; vgl. Dennis Borghardt / Sarah Maaß / Alexandra Pontzen: »Zur Aktualität von Literaturpreisen und Literaturpreisforschung«. In: Dies. (Hg.): »Literaturpreise. Geschichte, Theorie und Praxis«. Würzburg 2020, S. 9. Die genaue Ermittlung einer nummerischen Zahl ist erschwert durch die Vielzahl der Sparten-, Förder- und Nebenpreise, die Streichung von renommierten Preisen (wie des 2017 ausgesetzten Chamisso-Preises) und die Stiftung von vergleichsweise kleinen Preisen (wie dem Gisela-Elsner-Literaturpreis des Vereins des Literaturhauses Nürnberg 2021). — **3** Michael Hutter: »Vaulierung und Valorisierung: Literaturpreise zwischen eigener und fremder Wertung«. In: Borghardt / Maaß / Pontzen (Hg.): »Literaturpreise« (wie Anm. 2), S. 105–116, hier S. 108. — **4** Beim Bachmannpreis 2021, den die aus Iran stammende Autorin Nava Ebrahimi mit ihrer transnationalen Opfererzählung »Der Cousin« bekam, geriet die Rolle der Kritiker als Richter und Juroren in die Kritik, vgl. Oliver Jungen: »Den Schmerz wegtanzen«. In: Frankfurter Allgemeine Zeitung, 21.6.2021. — **5** Vgl. »Der Freiheit das Wort. Literaturpreis der Konrad-Adenauer-Stiftung 1993–2002«. Hg. von Bernhard Vogel. Sankt Augustin 2002. — **6** Vgl. Marlene Streeruwitz: »Nachkommen. Roman«. Frankfurt/M. 2015, S. 65 und 97. — **7** Vgl. dazu Sandra Potsch: »Thomas Glavinics ›Das bin doch ich‹. Ein Spiel zwischen Autobiografie und Fiktion«. In: Andrea Bartl / Jörn Glasenapp / Iris Hermann (Hg.): »Zwischen Alptraum und

Glück. Thomas Glavinics Vermessungen der Gegenwart«. Göttingen 2014, S. 250–266. — **8** Förderer sind die Deutsche Bank Stiftung, die Buchmesse Frankfurt und die Stadt Frankfurt am Main, die Verleihung findet im Frankfurter Römersaal statt. Für sachdienliche Informationen danke ich Birgit Reuß, der Leiterin des Büros Berlin des Börsenvereins. — **9** Vgl. Markus Joch / York-Gothart Mix / Norbert Christian Wolf / Nina Birkner (Hg.): »Mediale Erregungen? Autonomie und Aufmerksamkeit im Literatur- und Kulturbetrieb der Gegenwart«. Tübingen 2009. Im literarischen Feld schließen sich der Autonomieanspruch des Werkes und das Streben nach symbolischem Kapital nicht aus. Die Differenz zwischen Warenwert und Bedeutungskapital des Buches nimmt ab. — **10** Den Geldbetrag erhält der Preisträger vom Preisstifter in Form eines Schecks, außerdem wird ihm eine Urkunde überreicht; dafür gibt er eine Dankrede und seinen guten Namen. Insofern wird der Preisträger durch den Preis geehrt, umgekehrt wird der Preis durch den Preisträger geadelt. Am deutlichsten sieht man dieses Ritual bei der Verleihung des Georg-Büchner-Preises, des renommiertesten und traditionsreichsten deutschen Literaturpreises, des ersten Literaturpreises, den die »Tagesschau« regelmäßig mit einer eigenen Meldung würdigt. Vgl. Judith Klinger: »Geschichte des Georg-Büchner-Preis. Soziologie eines Rituals« Berlin, New York 2006. — **11** Lange fehlte der Name von Gottfried Benn in der Preisliste. Die »Märkische Allgemeine« meldete am 18.2.2011: »Mansfelder Gottfried-Benn-Förderkreis stiftet Preis für Abiturienten«. — **12** Daniel Kehlmann: »Die Katastrophe des Glücks. Dankrede zur Verleihung des ›Welt‹-Literaturpreises 2007«. In: Ders.: »Lob. Über Literatur«. Reinbek 2010, S. 176 f. Mit den Fallstricken der eigenen Berühmtheit hat sich Kehlmann in seinem »Roman in neun Geschichten«, »Ruhm« (Reinbek 2009) auseinandergesetzt. — **13** Vgl. Jens Jessen: »Verdirbt der Literaturbetrieb die Literatur?«. In: »Jahrbuch der Deutschen Schillergesellschaft« 51 (2007), S. 12. — **14** Daniel Kehlmann: »Dankrede«. In: »Literaturpreis der Konrad-Adenauer-Stiftung 2006«. St. Augustin 2006, S. 25. — **15** Pascale Casanova: »La République mondiale des lettres«. Paris 2008, S. 240. — **16** Jürgensen / Weixler: »Literaturpreise« (wie Anm. 2), S. 5. — **17** Pierre Bourdieu: »Die Regeln der Kunst. Genese und Struktur des literarischen Feldes«. Aus dem Französischen übersetzt von Bernd Schwibs und Achim Russer. Frankfurt/M. 2001, S. 362. — **18** Vgl. dazu Markus Joch: »Anreger und Aufreger. Wie Hans Magnus Enzensberger überrascht und in welchen Medien«. In: Joch u. a. (Hg.): »Mediale Erregungen« (wie Anm. 9), S. 77–108. — **19** Vgl. z. B. Thomas Wegmann: »Epitexte als ritualisiertes Ereignis: Überlegungen zu Dankesreden im Rahmen von Literaturpreisverleihungen«. In: Jürgensen / Weixler: »Literaturpreise« (wie Anm. 2), S. 105–116. — **20** Wolfgang Braungart: »Literatur und Ritual«. Tübingen 1996, S. 11. — **21** Die Dotationen bewegen sich im Spektrum zwischen 2000 und 40 000 Euro (Büchner-Preis); der mit 50 000 Euro höchstdotierte Preis ist der Breitbachpreis, der seit 1998 jährlich von der Akademie der Wissenschaften und der Literatur in Mainz und der Stiftung Joseph Breitbach (Vaduz) in Koblenz vergeben wird. — **22** Ein Ritualbruch in der Serialität des Literaturpreises ereignete sich 2015, als mit Jan Wagner erstmals ein Autor für einen Lyrikband den mit 15 000 Euro dotierten Preis der Leipziger Buchmesse in der Sparte Belletristik erhielt; zuvor, seit dem Gründungsjahr 2004, waren regelmäßig Romane ausgezeichnet worden. — **23** Helmut Böttiger: »Der unbeugsame Zeitzeuge. 50. Todestag des Schriftstellers Stefan Andres«, in: Deutschlandfunk, 29.6.2020, https://www.deutschlandfunk.de/50-todestag-des-schrift steller-stefan-andres-der-unbeugsame.871.de.html?dram:article_id=479477. — **24** »Literaturpreis der Konrad-Adenauer-Stiftung 1994: Walter Kempowski«. St. Augustin 1994, S. 21. — **25** Johann Wolfgang Goethe: »Torquato Tasso«. In: »Sämtliche Werke nach Epochen ihres Schaffens«. Bd. 6.1 (= Münchner Ausgabe). Hg. von Victor Lange. München, Wien 1986, S. 721 (V. 1748, III,4). — **26** Marcel Reich-Ranicki: »Thomas Bernhards entgegengesetzte Richtung«. In: Frankfurter Allgemeine Zeitung, 8.4.1978, zitiert nach Manfred Mittermayer: »Thomas Bernhard. Eine Biografie«. Wien 2015, S. 307. — **27** Thomas Bernhard: »Meine Preise«. Frankfurt/M. 2009. Zitiert mit der Sigle MP. — **28** Vgl. Norbert Christian Wolf: »Meine Preise«. In: Martin Huber / Manfred Mittermayer (Hg.) »Thomas Bernhard. Leben – Werk – Wirkung«. Stuttgart 2018, S. 286, Bettina Prutti: »Festzertrümmerungen. Thomas Bernhard und seine Preise«. Bielefeld 2012, S. 9 f. — **29** Dieser Preis kommt als einziger gut weg, weil er zu keiner Zeremonie verpflichtet, der Scheck formlos vom Verlagsleiter überreicht und dem Autor ein exklusives Mittagessen von diesem spendiert wird. — **30** Über 20 »Fehler« listet das Buch des Naturwissenschaftlers Olaf Lahayne: »Beschimpft Österreich! Der Skandal um die Staatspreisrede Thomas Bernhards im März 1968«, Göttingen 2016, S. 52. — **31** Ähnlich argumentiert auch Clemens Götze: »›Es ist nachzulesen‹ oder Rede über das Schreiben. Zu Thomas Bernhards ›Meine Preise‹«. In: »Thomas Bernhard Jahrbuch 2009/10«, S. 116. — **32** Thomas Bernhard: »Wittgensteins Neffe. Eine Freundschaft«. 18. Aufl. Frankfurt/M. 2020, S. 116. — **33** Thomas Bernhard / Siegfried Unseld: »Der Briefwechsel«. Hg. von Raimund Fellinger, Martin Huber und Julia Ketterer. Frankfurt/M. 2009, S. 67. — **34** Alexandra Pontzen: »Zu viel des Guten? Ein neuer Forschungsansatz zu Vielzahl und Vielfalt deutscher Literaturpreise«. In: Jürgensen / Weixler: »Literaturpreise« (wie Anm. 2), S. 68. — **35** Eva Menasse: »Welcher Preis passt zu mir?«. In: Dies.: »Lieber aufgeregt als abgeklärt. Essays«. Berlin 2015, S. 123. — **36** Ernst Robert Curtius: »Europäische Literatur und lateinisches Mittelalter«. 10. Aufl. Bern, München 1984, S. 531. Dass die Laudatio »Ehre und Belohnung« als Motivationen des Dichters voraussetzt, wird durch deren Wertschätzung bei Herrschern gezeigt: »Alexander weinte am Grab Achills, Scipio Africanus ließ den Ennius in seinem eigenen Grabe beisetzen, Platon würdigte den Dichter Agathon seiner Freundschaft« (ebd., S. 532). — **37** Günter de Bruyn: »Preisverleihung. Roman«. Frankfurt/M. 1982, S. 105. Vgl. dazu Michael Braun: »Laudatio wider Willen. Ritualbrüche in Günter de Bruyns Roman ›Preisverleihung‹«. In: »Études Germaniques« 76 (2021), S. 223 f.

Julia Beilein / Matthias Beilein

Literaturförderung = Autor:innenförderung?

Möglichkeiten der Förderung von Literatur durch die Institutionen der Produktion, Rezeption und Distribution

1 Wessen Angelegenheit ist die Literaturförderung?

Literaturförderung – im Folgenden verstanden als Sammelbegriff für alle Handlungen, durch die der Literatur in einer Gesellschaft größere Aufmerksamkeit oder Anerkennung verschafft werden soll – gehört in den deutschsprachigen Ländern wie die Förderung von Kunst an sich und die Unterstützung von Kunstschaffenden zu den Kernaufgaben der Kulturpolitik, die lange Zeit vor allem Angelegenheit der Bundesländer gewesen ist. Erst 1998, mit der Schaffung eines dem Kanzleramt beigeordneten Staatsministeriums für Kultur unter der ersten Regierung Gerhard Schröders, wurde die Förderung von Kunst und Kultur auch als eine staatliche Angelegenheit sichtbar, was in erster Linie jedoch ein Verwaltungsakt mit eher symbolischer Bedeutung gewesen ist. In den Verantwortungsbereich der Beauftragten der Bundesregierung für Kultur und Medien fallen vor allem Einrichtungen, die zuvor in verschiedenen anderen Bundesministerien angesiedelt waren. Die historisch bedingte Kulturhoheit der Länder wurde dadurch weder infrage gestellt noch in ihrer Verfügungsgewalt in irgendeiner Weise eingeschränkt. Wirft man einen Blick auf den Aufgabenbereich der Kulturbeauftragten des Bundes, so stellt man fest, dass die Förderung von Literatur nicht zu den exponierten Zielen der Bundeskulturbehörde gehört. Der ohnehin eher schmale Etat von etwas mehr als zwei Milliarden Euro jährlich wird vor allem für die Pflege der Gedächtniskultur, für die Filmförderung und Programme der Kulturvermittlung verwendet.

Mag dieser Befund zunächst überraschen (nicht zuletzt deshalb, weil mit Michael Naumann ein ehedem erfolgreicher Verleger als Erster diese deutsche Bundeskulturbehörde leitete – der das Amt freilich nach keinen zwei Jahren wieder abgab), so korrespondiert dies durchaus mit dem Bild, das die Landesministerien für Kultur abgeben: Zwar lassen sich dort Programme zur Literaturförderung finden – im Vergleich zur Förderung der Bereiche Musik, Theater und Museen spielt die Literatur aber auch hier eine untergeordnete Rolle. Auf Landesebene gibt es indes durchaus Literaturpreise von einigem Renommee,[1] die im Vergleich zu mit großer Anerkennung versehenen Preisen wie dem Georg-Büchner-Preis oder hochdotierten Auszeichnungen wie dem ökonomisch sehr bedeutenden Deutschen Buchpreis von eher zweitrangiger Bedeutung sind. Auch wenn das mit dem Büchner-Preis verliehene Preisgeld zum größten Teil aus öffentlichen Mitteln von Kommune, Land und Bund bereitgestellt wird, ist er eben doch ein Akademiepreis – anders als der Deutsche Buchpreis, der zum allergrößten Teil privatwirtschaftlich finanziert wird. Eine staatliche Auszeichnung wie die des »Poet Laureate« in Großbritannien, den Großen Österreichischen Staatspreis, der auch in der Sektion Literatur vergeben wird, oder das Modell Grundeinkommen für freischaffende Autor:innen, das vor Kurzem in Irland als Pilotprojekt eingeführt wird, gibt es in Deutschland nicht.

2 Literaturförderung = Autor:innenförderung

Auch wenn es zunächst den Anschein hat, als sei Deutschland eher zurückhaltend bei der Förderung von Literatur, so relativiert sich dieses Bild, sobald man sich von dem augenscheinlichsten Beispiel für Literaturförderung – der Förderung von einzelnen Autor:innen durch Literaturpreise – abwendet und den Blick auf die Frage wirft, was zunächst einmal Literaturförderung bedeutet bzw. welche Handlungen und Einrichtungen als literaturfördernde zu verstehen sind.

Um zunächst doch bei der direkten Förderung von Autor:innen zu bleiben: Wie bereits angedeutet, dürfte dieses Förderhandeln wohl dasjenige sein, an das zuerst gedacht wird, wenn die Rede von Literaturförderung ist – schon allein deswegen, weil die Menge an Literaturpreisen und Stipendien kaum zu überschauen ist. Ein vor Kurzem abgeschlossenes Forschungsprojekt der Universität Duisburg-Essen zählt allein für den Zeitraum 1990–2019 rund tausend Literaturpreise auf.[2] Die zahlreichen preisähnlichen Auszeichnungen, die außerdem im literarischen Feld verliehen werden wie Stipendien, Stadtschreiberämter oder Dozenturen verschiedener Art werden dabei noch gar nicht mitgezählt. Diese scheinbare Überfülle an Preisen – angeblich gebe es, so die FAZ vor ein paar Jahren, »in Deutschland mehr Preise als Schriftsteller«[3] –, die immer dann im Feuilleton thematisiert wird, wenn es um scheinbare Fehlentscheidungen der für die Vergabe verantwortlichen Jurys geht,[4] relativiert sich schnell, wenn man sich vor Augen hält, dass nur die wenigsten dieser Preise sich in wirklich einkommensrelevanten Größen bewegen: »Finanzielle Sorglosigkeit – auch temporär beschränkte – garantiert nämlich aktuell lediglich ein geringer Teil der Preise: Von den 980 aktiven Preisen sind 516 mit weniger als 5000 EUR dotiert, 207 davon sind gänzlich undotiert.«[5] Davon, dass einen »solchen Subventionsschub […] bislang nur die Steinkohle erfahren« habe,[6] kann ernsthaft nicht die Rede sein.

Aufgrund des guten Forschungsstandes zu Literaturpreisen[7] soll dieser Aspekt der Literaturförderung hier nicht weitergehend behandelt werden. Indes sei auf eine aktuelle Entwicklung hingewiesen, die möglicherweise auf die Vergabepraxis von Literaturpreisen zukünftig Einfluss nehmen könnte. Wurden Preisvergaben einst bislang in den einschlägigen Feuilletons diskutiert, so werden sie heute auch von den digitalen Medien aufmerksam verfolgt. Ein Aspekt, der zuletzt immer größere Relevanz gewonnen hat, ist die Diversität in der Zusammensetzung der verantwortlichen Jurys und derjenigen, die letztlich ausgezeichnet werden. So wurde etwa die Vergabe des Deutschen Buchpreises 2022 an Kim de l'Horizon vor allem in den sozialen Medien auch vor dem Hintergrund der Forderung nach größerer Gendergerechtigkeit und mehr Diversität im Literaturbetrieb diskutiert. Wurde von den einen begrüßt, dass hier zum ersten Mal eine genderfluide, nonbinäre Person mit einem einflussreichen Literaturpreis ausgezeichnet wurde, sahen andere hierin die Kapitulation der Preisjury vor dem Druck des Zeitgeistes. Ohne Zweifel können solche Debatten aber zu einem wichtigen Korrektiv der Vergabepraktiken im literarischen Feld werden, stellen sie doch seine gängigen Strategien der Kapitalakkumulation infrage, was sich langfristig auf die Praxis der literarischen Wertung in der deutschsprachigen Literatur auswirken könnte.

3 Literaturförderung = Institutionenförderung

Deutschland verhält sich bei der direkten Förderung von kommerziellen Einrichtungen des Literaturbetriebs durch die öffentliche Hand eher zurückhaltend. Es gibt hierzulande keine dauerhaft institutionalisierte direkte finanzielle Unterstützung von Verlagen oder Buchhandlungen durch die öffentliche Hand. Lediglich im Rahmen der Corona-Hilfen konnten auch Verlage und Buchhandlungen staatliche Gelder zur wirtschaftlichen Absicherung ihrer Unternehmen beantragen.

Anders verhält es sich beispielsweise in Österreich und in der Schweiz. Österreichische Belletristik- und Sachbuchverlage können sich beim Bundesministerium für Kunst, Kultur, öffentlichen Dienst und Sport um Programmfördermittel von bis zu 50 000 EUR bewerben und daneben die Förderung von Werbe- und Vertriebsmaßnahmen von bis zu 40 000 EUR beantragen, und dies ganz unabhängig davon, ob der Verlag in wirtschaftlicher Not ist oder nicht: Eine Bedürftigkeit müssen die Antragsteller:innen nicht nachweisen. Auch in der Schweiz wurde vor einigen Jahren (unter anderem als Reaktion auf die Abschaffung der Buchpreisbindung) eine direkte Förderung von Buchverlagen durch das Bundesamt für Kultur der Schweizerischen Eidgenossenschaft eingerichtet. Auch hier scheint Bedürftigkeit nicht das ausschlaggebende Kriterium für die Gewährung der Subventionen zu sein: Neben einer Vielzahl von Kleinverlagen findet sich auf der Liste derjenigen Verlage, die in den Jahren 2021–2024 mit Beträgen zwischen 10 000 CHF und 80 000 CHF gefördert werden, auch der Diogenes Verlag, der zu den umsatzstärksten deutschsprachigen Publikumsverlagen zu zählen ist.

Die Verlags- und Buchhandelsförderung vollzieht sich in Deutschland in erster Linie anhand einer Reihe von strukturellen Maßnahmen, die regulativ auf den Buchmarkt wirken. So wurde beispielsweise die Buchpreisbindung in Deutschland mit dem Ziel gesetzlich verankert, umsatzschwächere Einrichtungen vom Druck auf die Buchpreise zu entlasten. Allerdings gerät diese Schutzmaßnahme in Zeiten der voranschreitenden Inflation aktuell in die Diskussion, können Buchhandlungen, anders als andere Einzelhandelsunternehmen, die immense Steigerung bei den Nebenkosten eben nicht durch die Erhöhung der Abgabepreise an ihre Kundschaft weitergeben. Eine weitere marktregulierende Maßnahme im Buchhandel, die auch als eine Form der Literaturförderung interpretiert werden kann, ist der verminderte Mehrwertsteuersatz, der in Deutschland für die meisten Bücher gilt. Die von Seiten des Börsenvereins des deutschen Buchhandels geforderte Abschaffung der Mehrwertsteuer für Verlagsprodukte, wodurch der deutsche Buchhandel, der zudem noch unter den Nachwirkungen der Pandemie leidet, kurzfristig entlastet werden könnte, wurde bislang von der Politik nicht aufgegriffen.

Neben diesen strukturellen Maßnahmen fördert der Bund seit 2000 mit der Kurt Wolff Stiftung eine Interessensvertretung der unabhängigen deutschen Verlage. Diese unter anderem von Michael Naumann mitinitiierte Einrichtung vergibt jährlich Preise, mit denen die Vielfalt der deutschen Verlagslandschaft sichergestellt werden soll. Seit einigen Jahren gibt es auch staatliche Preise für Buchhandlungen und Verlage, die von der Beauftragten der Bundesregierung für Kultur und Medien in Kooperation mit der Kurt Wolff Stiftung und dem Börsenverein vergeben werden. Der Deutsche Verlagspreis und der Deutsche Buchhandelspreis sind freilich in erster Linie symbolische Formen der Anerkennung – eine dauerhafte Förderung wie in der Schweiz oder in Österreich ist damit eben nicht verbunden.

4 Literaturförderung = Förderung der Literaturvermittlung: Literaturhäuser, Festivals, Dichtergedenkstätten, Literaturmuseen, Buchmessen

4.1 Literaturhäuser und Literaturfestivals

Die Literaturvermittlung, also der institutionalisierte Austausch zwischen Literaturproduzent:innen und ihren Texten einerseits und Literaturrezipient:innen andererseits, ist eine der wichtigsten Maßnahmen der Literaturförderung. Neben den Schulen[8] gehören Literaturhäuser und Literaturfestivals zu den wichtigsten Einrichtungen der Literaturvermittlung. Literaturhäuser sind Einrichtungen der Literaturvermittlung in städtischer oder kommunaler Trägerschaft, zu deren Kerngeschäft die Organisation und Durchführung von Autorenlesungen zählt.

In Zeiten sinkender Umsätze und sinkender Honorare für Autor:innen erfüllt die Durchführung solcher Veranstaltung indes nicht nur den Zweck, Literatur zu vermitteln, sondern ist auch eine indirekte Subvention von Autor:innen. Die Einnahmen durch Lesereisen kompensieren für manche Autor:innen wenigstens zum Teil die sinkenden Einnahmen aus Buchumsätzen.

Literaturhäuser sind somit einerseits Einrichtungen, die Literatur fördern, und andererseits literarische Einrichtungen, die selbst gefördert werden müssen. Wie die meisten kulturellen Einrichtungen in den deutschsprachigen Ländern sind diese Einrichtungen auf Zuwendungen der öffentlichen Hand angewiesen, in den meisten Fällen aus den Kulturreferaten der Städte und Kommunen, stehen aber zunehmend unter dem Druck, private Sponsorengelder einzuwerben oder weitere Einnahmequellen (Vermietungen, private Förderung durch Sponsoren oder Fördervereine etc.) zu erschließen, um das defizitäre Programm kalkulatorisch einigermaßen in die Balance zu bekommen.

Das gilt in ähnlicher Weise auch für Literaturfestivals, die ebenfalls auf öffentliche Mittel angewiesen sind und zugleich weitere Sponsorengelder einwerben. Inwieweit sich diese Finanzierungsform[9] unmittelbar auf die Programmgestaltung auswirkt, würde einer genaueren Untersuchung bedürfen. Einerseits können Programmmacher:innen wohl nicht auf die ›großen Namen‹ des Literaturbetriebs verzichten, da deren Lesungen zuverlässige Einnahmequellen sind. Andererseits bringt die Konzentration auf das einfach zu Vermittelnde die Gefahr mit sich, dass die Literatur in Hinblick auf ihre Vielfalt vereinseitigt wird und verflacht. Zudem stehen Festivals als Einrichtungen der Literaturvermittlung in der Pflicht, die literarische Vielfalt abzubilden und damit beispielsweise auch für diejenige Diversität Sorge zu tragen, von der bereits oben die Rede war.

Große Literaturfestivals verwalten mittlerweile Etats in beträchtlicher Höhe. Das Hay Festival of Literature & Arts, das seit 1988 in der walisischen Kleinstadt Hay-on-Wye stattfindet und mittlerweile mit gut 300 000 Besucher:innen zu den größten internationalen Literaturfestivals weltweit zu zählen ist, generierte bereits vor zehn Jahren einen mehrstelligen Millionenumsatz.[10] Daraus sollte man indes nicht schließen, dass auch die auf Festivals auftretenden Autor:innen stets angemessen honoriert würden. Es gibt durchaus Literaturveranstaltungen, die ihre Gäste eher symbolisch entgelten. So schreibt etwa der britische Romancier und Historiker Guy Walters über seinen Auftritt in Hay-on-Wye: »As I drove home, I did some maths. Those eight hundred people had each paid £7, earning Hay a tidy £5,600. Compared to Hay's turnover of £4 million and gross profit of £1 million, that's not a huge sum, but it is certainly greater than a homeopathic ratio. Hay had probably made around £1,400 from me and I had got, er, six bottles of wine. I googled the wine to see what it cost and found it for as little as £8 per bottle. So 48 quid all in, and I bet Hay paid a lot less for it than that.«[11]

4.2 Dichtergedenkstätten und Literaturmuseen

Dichtergedenkstätten sind Einrichtungen, deren vordergründiges Ziel die Bewahrung und Pflege des Andenkens bestimmter Autor:innen ist. Damit sind diese Institutionen, die in vielen Fällen die ehemaligen Geburts-, Wohn- oder Sterbeorte von Schriftsteller:innen rekonstruieren, inszenieren oder bewahren, einerseits dafür zuständig, bereits kanonische Autor:innen nicht in Vergessenheit geraten zu lassen, oder – in weitaus selteneren Fällen – Autor:innen aus der Vergessenheit zu holen und sie damit zu kanonisieren; in dieser Hinsicht betreiben sie Literaturförderung in Form von Traditionspflege: Sie vermitteln diejenige Literatur, die eine Gesellschaft für bewahrenswert hält.

Damit gehören sie scheinbar nicht zu denjenigen Einrichtungen, die primär aktuell bestehende Literatur fördern; mittlerweile haben sich aber an zahlreichen Gedenkstätten Programme etabliert, deren Ziel auch die Förderung der aktuellen Literatur ist – sei es in Form der Vergabe von Literaturpreisen, die in der Regel nach jenen Autor:innen benannt sind, deren Andenken es zu bewahren gilt, sei es durch die Einladung zur aktiven Auseinandersetzung mit dem Werk von Autor:innen, durch Übersetzungsprogramme, Schreibwerkstätten, Stipendien etc.[12] Daher erfüllen auch Dichtergedenkstätten eine wichtige Funktion für die Förderung von zeitgenössischer Literatur. Dies gilt in vergleichbarer Weise auch für die großen Literaturmuseen mit nationalen Schwerpunkten, wie das Literaturmuseum der Moderne in Marbach am Neckar oder das Literaturmuseum der Österreichischen Nationalbibliothek in Wien, die durch Rahmenprogramme ebenso die aktuelle Literatur fördern, wie es die mit ihnen verbundenen Literaturarchive dadurch tun, dass sie Autor:innenvorlässe ankaufen.

4.3 Buchmessen

Auch Buchmessen sind per se zunächst keine Einrichtungen, deren eigentlicher Zweck die Förderung von Literatur wäre. Doch mittlerweile werden die beiden großen deutschen Buchmessen in Leipzig und Frankfurt am Main von einem Programm gerahmt, das in vielen unterschiedlichen Formaten (Autor:innengespräche, Lesungen, Workshops, aber auch Preisverleihungen[13] etc.) unmittelbar auf die Leser:innen abzielt und dabei die mediale Aufmerksamkeit, die von den Messen generiert wird, für Zwecke der Literaturförderung nutzt. Inzwischen ist in Leipzig der eigentliche kommerzielle Aspekt der Messe in den Hintergrund getreten: Sie gilt als Publikumsmesse und versteht sich selbst als »eine große Bühne für die Literaturvermittlung und Leseförderung«.[14] Dies trifft für die Frankfurter Buchmesse noch nicht im selben Maße zu – dennoch lässt sich auch hier konstatieren, dass ihre ökonomische Funktion für ein Fachpublikum in den letzten Jahren deutlich an Bedeutung verloren hat: Mittlerweile wird die Frankfurter Buchmesse von deutlich mehr Privat- als Fachbesucher:innen frequentiert.[15]

5 Fazit

Die hier genannten Beispiele sollten illustrieren, welche Maßnahmen es gibt, um das Schreiben, Veröffentlichen und Verbreiten von Literatur zu unterstützen, und um damit der Literatur als solcher mehr Aufmerksamkeit zukommen zu lassen. Es ließen sich noch zahlreiche andere Aspekte nennen, die auch, aber nicht nur Literaturförderung als Ziel verfolgen. Wie bereits kurz erwähnt, hat der Bildungssektor insgesamt eine wichtige Funktion im Netzwerk der Literaturförderung: angefangen bei den Schulen und Hochschulen, aber auch verschiedenen anderen Einrichtungen der Erwachsenenbildung, die Autor:innen einladen, Schreibwerkstätten unterhalten oder Lesekreise anbieten. Unerwähnt blieb auch die Rolle des öffentlich-rechtlichen Rundfunks, der mit Auftragsarbeiten und Adaptionen von Texten seinem kulturellen Bildungsauftrag nachkommt und auf diese Weise ebenfalls Literaturförderung betreibt. All diese Einrichtungen wurden hier ausgeklammert, da sie nicht Teil des literarischen Feldes an sich sind, dessen eigenes Förderhandeln hier im Vordergrund stehen sollte.

Literaturförderung selbst ist so vielschichtig wie die Institutionen, die sie vorantreiben: Literaturförderung bedeutet Förderung und Bewahrung von kultureller Vielfalt, die Unterstützung von Gegenwartsautor:innen, aber auch Leseförderung, Absicherung des breiten Angebots literarischer Verlage und Buchhandlungen, mithin das Schaffen einer stärkeren Präsenz von Literatur in der Gesellschaft.

Eine gesellschaftliche Folge der Pandemie ist, dass gerade kulturelle Angebote jenseits des Mainstreams für das Publikum an Attraktivität verloren zu haben scheinen. Hier gilt es anzusetzen und eine gezielte Unterstützung all jener Einrichtungen voranzutreiben, die sich die Förderung von Literatur auf die Fahnen geschrieben haben – und dies dauerhaft und nicht nur in Form von Krediten oder Einzelzuwendungen. Es ist Aufgabe der öffentlichen Hand, auch die literarische Vielfalt dieses Landes, die sich dem privaten Engagement so vieler verdankt, finanziell mitabzusichern und damit die kreativen Freiräume zu erhalten, die die Voraussetzung für eine lebendige Kultur jenseits aller repräsentativen Zwecke sind.

1 Wie, um nur zwei Beispiele zu nennen, etwa die Carl Zuckmayer-Medaille des Landes Rheinland-Pfalz oder der »Ehrenpreis des Bayerischen Ministerpräsidenten«, dessen Auswahl in der Verantwortung eben dieses Ministerpräsidenten liegt und der im Rahmen der Verleihung des Bayerischen Buchpreises übergeben wird, den das Land Bayern mitfinanziert. — **2** Sarah Maaß / Dennis Borghardt: »Der Wert der Preise. Valorisierungsdynamik in der deutschen Literaturpreislandschaft 1990–2019«, Würzburg 2022. Vgl. auch Dennis Borghardt / Sarah Maaß / Alexandra Pontzen (Hg.): »Literaturpreise. Geschichte, Theorie und Praxis«, Würzburg 2020. — **3** Oliver Jungen: »Autorenförderung? Hungert sie aus!«. In: Frankfurter Allgemeine Zeitung, 30.4.2008. — **4** Stellvertretend für diese maliziöse Sicht auf die Literaturförderung: Gerrit Bartels: »Gießkanne mit viel Wasser: In Deutschland bekommt jeder Autor einen Preis«. In: Der Tagesspiegel, 26.9.2019. — **5** Maaß / Borghardt: »Der Wert der Preise« (wie Anm. 2), S. 19. — **6** Jungen: »Autorenförderung?« (wie Anm. 3). — **7** Vgl. etwa Christoph Jürgensen / Antonius Weixler (Hg.): »Literaturpreise. Geschichte und Kontexte«, Heidelberg 2021. Neben den genannten Arbeiten von Maaß, Borghardt und Pontzen liegen zahlreiche Untersuchungen zu einzelnen Preisen wie dem Bachmann- oder dem Büchner-Preis vor. Ferner immer noch relevant: Burckhard Dücker: »Literaturpreise und -wettbewerbe im deutsch- und englischsprachigen Raum«. In: Gabriele Rippl / Simone Winko: (Hg.): »Handbuch Kanon und Wertung. Theorien, Instanzen, Geschichte«, Stuttgart 2013, S. 215–221 sowie Burckhard Dücker / Verena Neumann: »Literaturpreise. Register mit einer Einführung: Literaturpreise als literaturgeschichtlicher Forschungsgegenstand«, Heidelberg 2005, eine Pionierleistung bei der Katalogisierung des teils schwer durchschaubaren Preiswesens in Deutschland. Einen leicht zugänglichen Überblick der aktuell bestehenden Preise im Kulturbereich bietet die (leider nicht mehr ganz aktuelle) Website http://www.kulturpreise.de. — **8** Die Schulen gehören immer noch zu den wichtigsten Einrichtungen der Literaturvermittlung. Sie sollen hier jedoch ausgeklammert werden, da sie als Institutionen nicht zum literarischen Feld gehören. — **9** Die Finanzierungsmodelle können ganz unterschiedlich sein: Das Internationale Literaturfestival Berlin finanziert sich beispielsweise zum größten Teil über Zuschüsse aus öffentlichen Geldern. Rund drei Viertel des Etats stammen aus Bundes- oder Landesmitteln. Weitere Zuschüsse erhält das Festival aus einer privaten Förderung durch Banken, politische Stiftungen, Botschaften oder Kulturvereine. Lediglich etwa zwölf Prozent des Etats kommen aus dem Verkauf von Eintrittskarten (vgl. Quelle: »European Arts Festivals strengthening cultural diversity«, European Comission, Brüssel 2011). Das größte deutsche Literaturfestival, die lit.Cologne, kam dagegen bis zur Pandemie ohne öffentliche Mittel aus und wird erst seit 2020 von der Stadt Köln gefördert. — **10** Robert McCrum: »Talk is cheap – for festival organizers«. In: The Observer, 24.7.2011. — **11** Guy Walters: »Penny for Your Thoughts«. In: Literary review, July 2013. — **12** Exemplarisch sei hier auf das um den Geburtsort Annette von Droste-Hülshoffs entstandene Center for Literature hingewiesen. Neben dem Museum, das sich unter anderem dem Leben der Dichterin widmet, bietet es ein umfangreiches Literaturprogramm an, das von dem Autor Jörg Albrecht kuratiert wird. Das Angebot reicht dabei von Performances, Ausstellungen, Lesungen und Screenings, Übersetzungslaboren (die sich jeweils – mehr oder weniger – mit dem Werk Droste-Hülshoffs auseinandersetzen) über Residenzangebote für zeitgenössische Künstler:innen bis hin zu geführten Wanderungen, die die Lebensorte der Dichterin näherbringen sollen. Die die Einrichtung tragende Stiftung wird von zahlreichen privaten Förderern sowie vom Bund und vom Land Nordrhein-Westfalen unterstützt. — **13** Während der Frankfurter Buchmesse werden unter anderem der Deutsche Buchpreis, der Friedenspreis des Deutschen Buchhandels und der Deutsche Jugendliteraturpreis verliehen. Auf der Leipziger Buchmesse werden neben dem in drei Sparten (Belletristik, Sachbuch, Übersetzung) vergebenen Preis der Leipziger Buchmesse auch noch zahlreiche weitere Auszeichnungen verliehen. — **14** Onlinepräsenz Leipziger Buchmesse: https://www.leipziger-buchmesse.de/de/ausstellen/ausstellen-lohnt-sich/ihre-vorteile. — **15** So jedenfalls der Stand bei der letzten Buchmesse vor der Pandemie. Pressemitteilung der Frankfurter Buchmesse: https://www.buchmesse.de/presse/pressemitteilungen/2019-10-21-frankfurter-buchmesse-endet-mit-deutlichem-besucherplus.

Steffen Mensching

Freiberufler, geht den Bielefelder Weg!

In dreißig Jahren Freiberuflichkeit überzog ich kein einziges Mal meinen Dispokredit. Falls Sie den erwähnten Beschäftigungsstand, der dem Gefühl der Schwerelosigkeit nahekommt, kennen, werden Sie vermutlich die Augenbrauen hochziehen und fragen, wie ist das möglich? Reiche Eltern? SED-Vermögen? Lotto? Die Antwort ist simpel, meine Hausbank hat mir nie einen Dispokredit gewährt. Die Sparfüchse schätzten meine Lage realistisch ein und ließen sich nicht blenden, wenn mal kurzzeitig fünfstellige Beträge auf dem Konto eingingen. Mein Geld glich dem Schnee in Berlin, es blieb nie lange liegen. Die Filialleiter durchschauten mich: Ich war kein verlässlicher Kunde, bei dem in schöner Regelmäßigkeit Gehalt verbucht wurde, das von Jahr zu Jahr größer wurde. Bei mir gab es – finanziell gesehen – schlechte Jahre und bessere, aber nie richtig gute. Ich hatte mir eine goldene Regel verordnet – wobei der Begriff in dem Zusammhang deplatziert anmutet –, ich zwang mich, stets genug Geld auf dem Konto zu haben, um drei Monate lang meine Miete zahlen zu können. Sobald ich diese Marke unterschritt, erhöhte sich mein Blutdruck, reduzierte ich den Zigarettenkonsum, sammelte Pfandflaschen, die ich zuvor geleert hatte, und verfasste statt Lyrik und Prosa Konzepte für waghalsige Projekte und seitenlange Anträge für Stipendien. Dabei machte ich eine deprimierende Erfahrung: Niemals wurde, wenn ich wirklich klamm war, also oft, ein Antrag genehmigt, positive Bescheide fielen stets in Phasen relativer Solidität. Irgendwie spürten die Bewilliger meine Not und bezweifelten die Echtheit meiner künstlerischen Motivation. Sie durchschauten mich wie die Krediteure der Sparkasse. Mir ging es nicht um die Kunst, sondern einzig ums nackte Überleben. Aber das war, da biss die Maus keinen Faden ab, nicht förderungswürdig. Doch es gab auch Überraschungen, wenn Manna oder Mammon unangekündigt vom Himmel fiel. Eines schönen Tages rief mich ein berühmter Freund und Autor an und erklärte, ihm wäre eine seltsame Auszeichnung zuteil geworden, er dürfe einen jungen Kollegen ehren und für ein Auslandsstipendium vorschlagen, seine Wahl sei auf mich gefallen, deshalb müsse ich mich entscheiden zwischen sechs Monaten Krakow, Polen oder drei Monaten New York, USA. Damals waren beide Länder noch demokratisch regiert, deshalb fiel mir die Entscheidung schwer, am Ende reiste ich über den großen Teich statt über die Oder und erlebte vierzehn Wochen in Manhattan, die ich noch heute zu den besten meines Lebens zähle. Ich hatte eine Wohnung in Greenwich Village, genug Dollars, um jeden Tag in Chinatown Mittag zu essen, ich lernte Freunde fürs Leben kennen und bekam Anregungen für mehrere Bücher. Man kann also guten Gewissens behaupten, das Stipendium der Bundeskulturstiftung war gut angelegtes Geld. Wobei ich anmerken muss, dass mich Residenzen nicht unbedingt überzeugen, sie funktionieren eigentlich nur für Nomaden, Künstlerinnen und Künstler, die kein Familienleben unterhalten oder froh sind, diesem zeitweise zu entfliehen. So etwas soll vorkommen. Wenn man aber mit seiner Kunst beiträgt, die Kosten für Miete und Unterhalt zu erwirtschaften, helfen solche Sozialleistungen wenig. Ein Apartment in New York wird zur Last, wenn man unterdessen riskiert, wegen Mietschulden aus der heimatlichen Wohnung geklagt zu werden. Auch auf die Gefahr als Pragmatiker verschrien zu sein, möchte ich die These wagen: Freiberuflern nützt nur Bargeld, eine solide und möglichst dauerhafte Grundfinanzierung. Damit kann man dann entweder Recherchen absichern oder für eine gewisse Zeit an der Ausführung künstlerischer Vorhaben arbeiten. Freilich sind solche Unterstützungen stets begrenzt. Nach einer Zeit irritierender Sorglosigkeit fällt man wieder in den Panikmodus. Nun gehöre ich nicht zu denjenigen, die an die künstlerische Arbeit mit *tradeunion*istischen Forderungen herangehen. Ich bin davon überzeugt, dass eine gewisse Unsicherheit für die kreative Praxis notwendig ist, wichtig wäre, dass existenzielle Not verhindert wird. Ein Umstand, der oft genug, auftritt. Eine reiche Gesellschaft sollte ihre Kreativen am Leben erhalten, egal, ob sie gerade Ergebnisse hervorbringen oder nicht. Öffentliches Mäzenatentum, unabhängig von konkreten Projektförderungen, sollte das Ziel sein. Wie könnte das aussehen? Eine erprobte und bewährte Maßnahme sind Preise oder länger wirkende Stipendien. Von einem fünstelligen Preisgeld kann man – Frauen besonders, weil sie sparsam sind – eine gewisse Zeit existieren. So irritierend der Gedanke ist, man könnte in diesem Fall von der DDR lernen. Damals war das Leben eines freien Schriftstellers problematisch, wenn es um Veröffentlichungen ging, der Schreibprozess hingegen wurde auf wundersame Weise gefördert. In der an Personalmangel reichen armen DDR-Volkswirtschaft gab es genügend schlecht bezahlte Jobs, die den Randexistenzen (zu denen sich die literarische Boheme zählte) ein Grundeinkommen gewährte, das ihnen gleichzeitig Selbstverwirklichung ermöglichte. Der eine wurde Friedhofsgärtner, ein zweiter Pförtner, ein Dritter verschwand in den Katakomben der Deutschen Bücherei, las dort alle geächteten Druckwerke und schrieb, was das Zeug hielt, meist Texte, die keinen Verlag finden sollten. Lang ist es her. Solche Druck- oder Abduckposten bietet der optimierte Hochkapitalismus nur selten, wenn es sie gibt, liegen sie, nach meiner bescheidenen Kenntnis, im gehobenen öffentlichen Dienst, also jenseits der Achttausender-Marke. Um in der Breite ähnliche

Beschäftigungsverhältnisse herzustellen, bedürfte es eines mutigen, gemeinnützigen, sozialstaatlichen Eingriffs in den Markt. Betriebe, Institutionen, Bildungseinrichtungen, Hotels müssten ermuntert werden, Planstellen für alternative Hofnarren einzurichten, also freie Schriftsteller, Schauspieler, Maler, Musiker, die das jeweilige Geschäft des subventionierenden Betriebs auf die eine oder andere Weise begleiten. Diese Stellen müssten bescheiden dotiert, auf zehn Wochenstunden begrenzt und für die Firmen steuerlich absetzbar sein. Was spricht dagegen, dass ein Autor den Teil des Vormittags opfert, den er sonst sowieso verschläft, um an Schulen über das eigene Schaffen, Verslehre, literarische Vorlieben oder Literaturgeschichte zu sprechen? Wieso können nicht bildende Künstler den frühkindlichen Zeichenunterricht bereichern, weshalb lesen nicht unterbeschäftigte Schauspieler Gutenachtgeschichten auf den pediatrischen Stationen der Krankenhäuser oder in den Gemeinschaftsräumen der Altenheime, beziehen dafür ein Grundsalär, von dem sie ihre Miete und KSK-Beiträge begleichen können? Wieso spielen nicht Pianisten und Cellisten in den öden Gängen der Einkaufsmärkte und stimulieren das Konsumverhalten und die Konjunktur? Ich bin sicher, es ergäben sich in vielen Bereichen Einsatzmöglichkeiten, die den freien Künstlern nicht nur finanziell helfen würden, sondern auch sozial. Denn eine der größten Belastungen freier prekärer Beschäftigung ist die damit oft genug verbundene Isolation, die – wie oben ausgeführt – oft zu exzessivem Alkohol- und Nikotinmissbrauch verleitet. Möglicherweise würde die neue Erfahrung manchen Freiberufler verführen, die Kunst an den Nagel zu hängen und sein Seelenheil förderhin in einer anderen Beschäftigung zu suchen. Andere Kreative würden durch den Sozialkontakt möglicherweise entdecken, wie reich das Leben ist und dass es da draußen mehr gibt als den eigenen Bauchnabel, das Ego und die Psyche. Natürlich ist auch diese Idee nicht neu. Die DDR ruft wie der Igel aus der Furche: Ick bin allhier! Im Osten der sechziger Jahre nannte man dieses Konzept den »Bitterfelder Weg«. Die kommunistisch kontaminierte Formel muss nicht übernommen werden, man könnte sich bei der Kopie auf »Bielefelder Weg« einigen, eine flotte Münchner Werbeagentur würde das Ganze medial aufpeppen und, klare Sache und Pionierehrenwort, niemand dürfte zu seinem Glück gezwungen werden. Das Ganze wäre ein Angebot, eine gesellschaftliche Option. Wer sie ergreifen will, tut es, wer nicht, darf sich nicht beschweren, wenn er am Monatsende in Panik gerät, zu *fast food* greift oder zu fasten beginnt. Man könnte einwenden, dass eine solche Praxis im Lande zu nichts als Unordnung führen würde, gibt es nicht allerorten schon genug unbrauchbares Personal und Fachkräftemangel? Ich glaube, wer so denkt, unterschätzt die Künstlerschaft. Zugegeben, unsereiner hat von nichts richtig Ahnung, wir sind vielseitig begabte Dilletanten, aber, was wie ein Makel scheint, ist möglicherweise unsere größte Begabung, die sich erst zeigt, wenn wir plötzlich in Bereichen auftauchen, wo uns niemand vermutet und bislang vermisst hat. Wir sind voller Naivität und vorurteilsfrei. Wir werden in aufrichtiger Unkenntnis Fragen stellen, die erst Schocks, dann Erstaunen hervorrufen. Vielleicht provozieren sie völlig neue Lösungen. Es mögen unter uns Idioten sein, Fachidioten sind es nicht. Ich bin sicher, dümmer geht niemand aus einem solchen Experiment hervor. Man sollte es in jedem Fall versuchen. Mein Leben, davon bin ich überzeugt, wäre anders verlaufen, hätte mich 1970 ein Schriftsteller im Deutschunterricht betreut. Vielleicht wäre ich Teilchenphysiker, Koch oder Gehirnchirurg geworden? Oder ein wirklich erstklassiger Schriftsteller, ich hätte den Nobelpreis gewonnen und lebte in Boston oder Potsdam. Auf jeden Fall würde ich mich nicht mit solchen Bagatellen abgeben und über Preise, Stipendien und Fördermodelle nachdenken. Ich denke, diese Vision spricht entschieden für meine fixe Idee.

Gunther Nickel

Voraussetzungen und Bedingungen staatlicher Literaturförderung in einer demokratischen Gesellschaft

Mit dem Wandel einer hierarchisch gegliederten zu einer funktional ausdifferenzierten Gesellschaft wurden die Künste im 18. Jahrhundert autonom. Autonome Künste dienen keinen politischen, religiösen, edukativen oder sonstigen Zwecken mehr, sondern haben ihren Zweck in sich und gestatten damit nur noch Erfahrungen, die sich ausschließlich in und mit den Künsten machen lassen, etwa die Möglichkeit der Erfahrung von »Freiheit in der Erscheinung«, die Friedrich Schiller als Spezifikum des Kunstschönen bezeichnet hat.[1] Staatliche Kulturförderung basiert in einer demokratischen Gesellschaft auf dem Gedanken, dass die Möglichkeit zu solchen Erfahrungen jeder haben sollte, zeitgenössische Kunstwerke, die sie ermöglichen, aber häufig meritorische Güter seien, solche also, die gesellschaftlich zwar wünschenswert, aber auf dem Markt zu wenig nachgefragt werden.

Weitergehende Ansprüche an die Künste, darunter der verbreitete Wunsch, sie mögen einen Beitrag zum gesellschaftlichen Zusammenhalt leisten, sind dagegen kunstfremd. Und um in der Kunstförderung die Künste von vornherein vor kunstfremden Ansprüchen zumindest der Politik zu schützen, wurde 1980 bei der Einrichtung der beiden ersten durch Steuergelder finanzierten Bundeskulturfonds – der Stiftung Kunstfonds und des Deutschen Literaturfonds e.V. – dafür gesorgt, dass die Politik zwar das Geld bereitstellt, um die Künste zu fördern, aber nicht darüber entscheidet, was mit diesem Geld künstlerisch geschieht. Darüber befinden vielmehr turnusmäßig wechselnde Vertreter von Verbänden, in denen die jeweilige Kunstsparte organisiert ist. Verbunden war das mit der Maßgabe, dass für die Kunstförderung ausschließlich das Kriterium »künstlerische Qualität« entscheidend sein soll, zur Berücksichtigung sozialer Fragen wie der einer Versicherung für Künstler im Krankheitsfall oder der ihrer Altersvorsorge wurde parallel die Künstlersozialkasse eingerichtet.

Seit einiger Zeit lässt sich beobachten, dass künstlerische wieder von außerkünstlerischen Ansprüchen überlagert werden. Diese Entwicklung macht sich zum einen bemerkbar in dem, was ich im Folgenden in Anlehnung an die Unterscheidung einer Sach- von einer Sozialdimension, die der Soziologe Armin Nassehi in seiner »Theorie der überforderten Gesellschaft« vorgenommen hat,[2] als Sachdimension von »Literatur als Kunst«[3]

bezeichne. Die Grenzen zwischen dem, was zu diesem Gegenstandsbereich gehört und was nicht, verschieben sich bzw. werden verschoben. Das geht einher mit einer Neubestimmungen der Sozialdimension von Literatur, der zumindest das Potenzial innewohnt, politisch problematisch werden zu können. Das ist der Fluchtpunkt von Überlegungen, die nun ausgehend von der Fördertätigkeit des Deutschen Literaturfonds skizziert werden und den Kern jeder staatlichen Kunstförderung in einer demokratischen Gesellschaft betreffen, mithin auch die der 1983 gegründeten Stiftung Preußische Seehandlung.

Sachdimension

Der 1980 gegründete Literaturfonds ist in den Bereichen der Autoren- und der Vermittlungsförderung tätig. Im Bereich der Autorenförderung, auf die ich mich im Folgenden konzentriere, geschieht das laut § 2 Absatz 1 der Satzung ausschließlich durch die »Vergabe von Arbeits- und Werkstipendien an Autoren zur Erstellung bestimmter Werke von hoher Qualität«.[4] Wie in den Kunsttheorien Theodor W. Adornos[5] und Niklas Luhmanns[6] wird die Entscheidung über Förderungen damit nicht an Künstlern und deren Bedürfnissen, sondern an Werkvorhaben und deren künstlerischen Merkmalen festgemacht.[7] Sie basiert auch nicht auf erfahrungstheoretischen Überlegungen, wie sie etwa Rüdiger Bubner unter Rekurs auf Kants »Kritik der Urteilskraft« formulierte, der ins Zentrum nicht Kunstwerke, sondern ausschließlich die Kunstwahrnehmung rückte.[8] Einem erfahrungstheoretischen Impuls folgte zwar bereits Umberto Eco als er eine Offenheit von Kunstwerken feststellte und für die interpretierende Subjektivität weit mehr Spielräume als eine auf *den* Sinn von Kunstwerken zielende Hermeneutik erkannte. Aber auch Eco machte diese Offenheit noch an Kunstwerken fest (in der Literatur allen voran an Werken von James Joyce).[9] Folgt man dagegen Überlegungen etwa Julia Kristevas, die den Werkbegriff für die Literatur auflösen, weil jede Formulierung in diesen Werken *ad infinitum* nur auf Formulierungen in anderen Werken intertextuell verweist, wird Literaturförderung durch Arbeits- und Werkstipendien unmöglich, weil es gar keine Zurechenbarkeit von bestimmten Werken zu bestimmten Urhebern mehr geben kann. Auf der Basis entsprechender Überlegungen hat Heinrich Bosse dann auch das Urheberrecht kritisiert.[10]

Obwohl neben dem urheberrechtlichen Werkbegriff, der »persönliche geistige Schöpfungen«[11] und das Erreichen einer »Schöpfungshöhe«[12] zur Bedingung macht, auch der juristische Bestimmtheitsgrundsatz berührt ist, bleibt in der Satzung des Literaturfonds unklar, was das Bestimmte »bestimmter Werke« genau sein soll; völlig unbestimmt ist, was man unter

»hoher Qualität« zu verstehen hat. Die Vagheit der Formulierung »bestimmte Werke« wird dadurch teilweise aufgefangen, dass zuvor in § 2 Satz 1 davon die Rede ist, der Literaturfonds sei eine »Einrichtung zur Förderung der zeitgenössischen deutschen Literatur«. Unbestimmt bleibt dann aber wiederum, was unter »zeitgenössisch« und was unter »Literatur« verstanden werden soll. Alles dies lässt sich indes konkretisieren:

1) Wenn Juliane Rebentisch feststellt, »dass Zeitgenossenschaft nicht irgendeine Zusatzqualität ist, die Kunstwerke haben können oder auch nicht«, dann ist, so Rebentisch weiter, »alle Kunst im emphatischen Sinne [...] zeitgenössisch«.[13] Das zielt darauf, auch historisch überlieferte Kunstwerke zu berücksichtigen, die eine (Neu-)Aneignung erfahren. Damit lässt sich die Förderung wichtiger literarischer Traditionen legitimieren, die seit 2004 auch zu den Förderzielen des Literaturfonds gehört. »Der volle normative Sinn des Begriffs Gegenwartskunst«, schreibt Rebentisch allerdings auch, »besteht darin, dass sie ihre historische Gegenwart gegenwärtig machen soll«.[14] Das ist in der Tat wichtig und zieht, wenn man dem zustimmt, erhebliche Konsequenzen nach sich, weshalb ich darauf noch einmal zurückkommen werde.

2) 1980 war es offenkundig Common Sense, unter Literatur das zu verstehen, was man im angelsächsischen Raum unter Fiction versteht. Die Förderung von Nonfiction wie Sachbüchern war (und ist bislang) jedenfalls nicht vorgesehen.

3) Die Unbestimmtheit »hohe Qualität« schließlich lässt sich dahingehend konkretisieren, dass sie literarische Werke auszeichnet, die genuin ästhetische Erfahrungen ermöglichen, also Erfahrungen, die nicht begrifflich, sondern mit Beschreibungen, Konstellationen oder Choreografien gemacht werden. Sie stehen zudem – anders als bei der vorbürgerlichen Regelpoetik – in einem innovativen Verhältnis zur literarischen Tradition[15] bzw. haben einen »Zeitkern«.[16] Dem steht allerdings Walter Benjamins Beobachtung entgegen, in einer bestimmten historischen Situation werde die Wiederbelebung einer vorbürgerlichen Kunstform wie der Allegorie auch innovativ.[17] Phänomene wie diese, die sich schon am zweiten Teil von Goethes »Faust« demonstrieren lassen,[18] können jedoch noch im Rahmen eines Verständnisses von Kunstautonomie diskutiert werden, bei dem – so Kant – Geschmacksurteile nicht heteronom bestimmt sind[19] bzw. – mit Luhmann formuliert – Kunst nach einer nur für die Kunst gültigen Leitdifferenz operiert, die sie grundlegend von anderen funktional ausdifferenzierten Subsystemen wie Recht, Wirtschaft, Religion, Erziehung, Politik usw. unterscheidet.

Mit der Debatte um die Popliteratur erfuhr die Sachdimension der Literatur eine neue Konturierung, weil in ihr eine radikale stoffliche Gegenwärtigkeit zum Kriterium ausgerufen wurde, etwa wenn Moritz Baßler 2002 an

Christian Krachts Roman »Faserland« (1995) nicht nur lobte, dass er »keine Tiefenstruktur« habe und »einfach so gut« sei, sondern die Funktion einer Archivierung der Gegenwart erfülle – wozu immer eine Archivierung der Gegenwart für die Gegenwart nützlich sein soll.[20] Abgesehen davon, dass dieser Befund im Hinblick auf Krachts Romane mindestens diskutabel ist,[21] hat Baßler die Bedeutung stofflicher Gegenwärtigkeit inzwischen relativiert und in einem Beitrag für die Zeitschrift »Pop«[22] Erscheinungsformen des Gegenwärtigen in der Literatur im Anschluss an Umberto Eco[23] als »Neuen Midcult«[24] kritisiert, mit dem lediglich ein kommensurables realistisches Erzählen durch das Aufgreifen von Themen mit großem politischem oder moralischem Gewicht ästhetische Bedeutung verliehen werde. Demgegenüber hob er in seiner gemeinsam mit Heinz Drügh verfassten »Gegenwartsästhetik«[25] als ästhetisch allein maßgeblich die Ermöglichung der Erfahrung von Ambivalenz hervor, die auch in der »Gehaltsästhetik« von Harry Lehmann neben Schönheit (etwa verstanden als »Zweckmäßigkeit ohne Zweck«[26]), Erhabenheit (das, was nach menschlichen Maßstäben »schlechthin groß«[27] ist) und Ereignishaftigkeit (Neuheit oder besondere Intensität) als »ästhetischer Eigenwert« beschrieben wird.[28]

Harsche Kritik an Baßler regte sich beim Lektor des Carl Hanser Verlags Florian Kessler, der die authentische Artikulation diverser Identitäten für eine wichtige literarische Errungenschaft der letzten Jahre hielt.[29] Baßler bekräftigt dagegen in seinem Buch »Populärer Realismus«, dass Literatur wegen eines bedeutenden Stoffs, selbst wenn er biografisch verbürgt sei, ästhetisch allein noch gar keine Relevanz habe. Zu solcher Literatur zählt er:

> Die ungezählten Familienromane mit Bezug zur deutschen Geschichte, die Geschichten von Verfolgung und Rettung, vor allem mit Bezug zum Nationalsozialismus, aber auch zur Stasi etc., das gebrochene, aber gleichwohl auratische Verhältnis zur Heimat, die ewigen Traumaerzählungen usw. usf. Vormoderne Welten, schwere Zeiten und Zeichen, unsere Mütter, unsere Väter, unsere Großmütter, gern auch mit autobiografischer Beglaubigung […]. In neuester Zeit kommen die Unterdrückung und Fehlbehandlung von Frauen, Minderheiten etc. hinzu – bedeutsame Themen, die mit bedeutsamer Literatur verwechselt werden.[30]

Ganz andere Verschiebungen im Bereich der Sachdimension beobachtete der Verleger des Carl Hanser Verlags Jo Lendle. In einem Vortrag im Deutschen Literaturarchiv Marbach stellte er eine zunehmende Untauglichkeit der Grenze zwischen Literatur und Sachbuch fest. Es bildeten sich, so Lendle,

> allmählich zwischen fiction and non-fiction neue Formen, eine Art drittes Geschlecht der Literatur. Als hors-sexe steht es nicht einfach neutral irgendwo im Raum zwischen den anderen, sondern als ein Eigenes. Was wir für Menschen gerade mühsam und ziemlich grimmig durchbuchstabieren, das Nonbinäre, die Identitäten und Nichtidentitäten, gelingt der Literatur ganz von selbst. Das sind Texte, die ein Thema umkreisen, aber starke erzählerische Elemente aufweisen. Sie argumentieren nicht von der Kanzel, sondern sind persönlich und subjektiv. Für die Autofiktion fehlt die Fiktion, für den Essay sind sie womöglich zu verletzlich. Sie werfen das eigene Ich mit ins Spiel, das zum Lackmusteststreifen eines Gedankens wird. Diese Texte treffen keine festen Aussagen, sondern erlauben eigene Erkenntnisbildung. Ihre Struktur ist assoziativ und mosaikförmig, sie nimmt Elemente des Digitalen auf und macht sie nutzbar. Es sind schöne, eigenartige Spaziergänge, die man beim Lesen unternimmt. Niemand hat diese Bücher gerufen, am allerwenigsten wir sortiersüchtigen Institutionen. Sie waren einfach da und sind nicht wieder gegangen. Und jetzt müssen wir zusehen, wie wir unseren Systemen beibringen, sich zu öffnen.[31]

Einsichtig lässt sich die Kritik an der strikten Unterscheidung von Fiction und Nonfiction anhand des »Natur Writings« machen, für das Henry David Thoreaus Buch »Walden; or, Life in the Woods« (1854; dt.: »Walden oder Leben in den Wäldern«, 1905) ein älteres, John Alec Bakers »The Peregrine« (1967; dt.: »Der Wanderfalke«, 2010) ein jüngeres und Helen MacDonalds »Vesper Flights« (2020; dt.: »Abendflüge«, 2021) ein jüngstes Beispiel liefern. Das hat seinen Grund darin, dass sich Nature Writing Erfahrungsräumen zuwendet, die insbesondere Städtebewohnern meist völlig unbekannt sind, und dazu ein Wortschatz und eine Ausdrucksvielfalt erforderlich sind, die unabhängig von ihrem Sachbezug eine ästhetische Qualität haben. Dass eine derartige Erweiterung des Literaturbegriffs aber auch schnell problematisch werden kann, wird sinnfällig, wenn man nur ein paar Sätze aus einem der erfolgreichsten Sachbücher der letzten Jahre zitiert, das in seiner ganzen Machart genau dem entspricht, was Lendle an »nonbinären« Texten ausgemacht hat, wenn sie mit erzählerischen Elementen persönlich und subjektiv nicht von der Kanzel argumentierten. Das Buch trägt den Titel »Darm mit Charme«, die Autorin heißt Giulia Enders und das Kapitel, aus dem ich nun zitiere, trägt die Überschrift »Wie geht kacken? … und warum das eine Frage wert ist«:

> Mein Mitbewohner kam in die Küche und meinte, ›Giulia, du studierst doch Medizin – wie geht kacken?‹ Es wäre sicher keine

> gute Idee, mit diesem Satz meine Memoiren zu beginnen, aber diese Frage hat sehr viel für mich verändert. Ich ging in mein Zimmer, setzte mich auf den Boden und wälzte drei verschiedene Bücher. Als ich die Antwort fand, war ich völlig baff. Etwas so Alltägliches war viel klüger und beeindruckender, als ich jemals gedacht hätte. Unser Klogang ist eine Meisterleistung – zwei Nervensysteme arbeiten gewissenhaft zusammen, um unseren Müll so diskret und hygienisch wie möglich zu entsorgen.[32]

Die Zahl der Sachbücher und Ratgeber, die in dieser Weise Erlebnisbericht mit Sachinformation verbinden, geht Jahr um Jahr in die Zehntausende. Weder ist diese Art des Schreibens ein Novum noch lässt sich behaupten, dass es ästhetische Erfahrungen ermöglicht. Ihr gemeinsames Merkmal ist die Akzentuierung einer sich artikulierenden Subjektivität, die auch Baßler und Drügh in ihrer Gegenwartsästhetik zum Ausgangspunkt nahmen. Das wurde bei ihnen dann sogleich erfahrungstheoretisch gewendet und veranlasste sie – in unausgesprochener Anlehnung an Rüdiger Bubner – zu einer Rekapitulation von Überlegungen in Kants »Kritik der Urteilskraft«. Damit sind indes zwei Probleme verbunden. Das erste ergibt sich dadurch, dass Kant ästhetische Erfahrungen vornehmlich nicht am Kunstschönen, sondern am Naturschönen festmachte. Adorno merkte dazu schon scharfsinnig an, dass das deshalb einen entscheidenden Unterschied macht, weil das Kunstschöne einer »bereits […] konstituierten Welt« angehört, die eine Geschichte hat und die zur Sache dazu gehört, sich aber sinnlicher Wahrnehmung entzieht«.[33] Es kommt etwas hinzu, worauf Juliane Rebentisch aufmerksam machte, nämlich, ich zitiere es nochmals: »Der volle normative Sinn des Begriffs Gegenwartskunst besteht darin, dass sie ihre historische Gegenwart gegenwärtig machen soll.« Daraus folgt, wie sie sogleich betont, dass man zur Bestimmung des historischen Orts der Gegenwart »die Gegenwart zur Vergangenheit in ein Verhältnis setzen« muss.[34]

Ein weiteres Problem bemerkten Baßler und Drügh selbst, nämlich dass Kant sich »über die objektiven Eigenschaften des Schönen kaum« auslasse;[35] von ästhetischen Urteilen verlangen sie indes auch die Berücksichtigung der »Materialität und […] Texturen des Objekts«.[36] Dadurch wird in Baßlers und Drüghs Gegenwartsästhetik hineingeholt, was Kritiker Kants, allen voran Hegel und Adorno, an Kant erfahrungstheoretischem Vorgehen vermisst haben: die Objektivität des Gegenstands beim Urteilen über das Schöne. Das geht aber nicht so weit, dass Baßler und Drügh begonnen hätten, wie Hegel oder Adorno emphatische Wahrheitsansprüche an Urteile über Schönes zu knüpfen. Warum aber glaubte zum Beispiel Adorno, sie erheben zu dürfen? »Das Kunstwerk«, erläuterte er am 11. November 1958 den Zuhörern seiner Vorlesung zur Ästhetik, »wird ja zu einem Objektiven gerade dadurch, daß es dem Künstler sich als ein Selbständiges und in sich Organisiertes entgegensetzt.«[37] »Und Geist«, erklärte er ihnen zwei Monate später, »gibt es im Kunstwerk als geistigen Gehalt, als Verbindliches nur insofern, als er objektiv, ohne jede Rücksicht auf den Produzierenden, durch das Kunstwerk selbst zwingend sich darstellt – man kann wohl sagen: insofern als er vom Kunstwerk verwirklicht wird.«[38] Was das konkret bedeutet, hat Adorno vielleicht nirgends plastischer als in seinen »Kranichsteiner Vorlesungen«[39] über Neue Musik am Übergang der spätromantischen zur seriellen Musik erläutert: Die Mittel spätromantischer musikalischer Ausdrucksformen hätten sich erschöpft, und in ihnen selbst zeichneten sich bereits Formen der Serialität ab, die Arnold Schönberg mit seiner Zwölftontechnik dann nur als einer der ersten zum konsequenten Ausgangspunkt einer seriellen Organisation des musikalischen Materials gemacht habe. Wie sich derlei Entwicklungen im Bereich der Literatur beobachten lassen, wurde analog – mit ausdrücklicher Reverenz an Adorno – von Peter Szondi in seiner »Theorie des modernen Dramas« gezeigt: Sobald mit dem Naturalismus die Lebenswelt von Arbeitern auf dem Theater thematisiert werde, wird es sinnlos, vom Drama noch einen Konflikt zwischen Individuen im Medium des Dialogs zu erwarten. Denn was die Probleme eines Arbeiters, etwa eines Webers in der Textilindustrie Mitte des 19. Jahrhunderts, ausmache, seien ja gar nicht mehr individuelle Probleme, sondern Probleme einer Klasse, deren von ihr in der Regel unbegriffene Ursachen sich auch nicht mehr zeigen, sondern nur analysieren lassen. Im Rahmen der traditionellen dramatischen Form, die sich vor allem im Medium des zwischenmenschlichen Dialogs realisiere, sei das indes unmöglich. Es zeige sich mithin schon im Naturalismus eine Tendenz zum Epischen, die schließlich wie im Epischen Theater Bertolt Brechts dazu führe, die traditionelle dramatische Form dergestalt hinter sich zu lassen, dass ein Vorgang nicht mehr mit naturalistischer Anmutung verkörpert, sondern mit dem bewussten und bewusst gemachten Gestus des Vorführens inszeniert werde.[40] Selbstredend ist für das Verständnis solcher Entwicklungen in der Musik bzw. im Drama weder die Psychologie des Künstlers noch die Wahrnehmung von Kunstrezipienten von Belang. Sie bereiten sich vielmehr hinter dem Rücken der Akteure vor, ähnlich wie es Hans Blumenberg für die »kopernikanische Wende«[41] oder Reinhart Koselleck für die »Pathogenese der bürgerlichen Welt« beschrieben hat.[42] Das ist auch einer der Gründe, warum sowohl Hegel als auch nach ihm Adorno und Luhmann zum Ausgangspunkt ästhetischer Bestimmungen nicht Absichtserklärungen von Künstlern oder die Kunstwahrnehmung, sondern das Kunstwerk in seinen historischen Bezügen nahmen. Da Baßler und Drügh das nicht getan haben, sind sie auch nicht in der Lage, derartige Entwicklungsprozesse, durch deren Verständnis die Gegenwart überhaupt erst in das von Rebentisch geforderte Verhältnis zur Vergangenheit gesetzt werden kann, in den Blick zu nehmen.

Gibt es in Baßlers und Drüghs Gegenwartsästhetik immerhin noch eine Sachdimension nicht zuletzt deshalb, weil sie sie anhand bestimmter literarischer Werke entwickeln, kommt die Sachdimension andernorts vollständig abhanden. Wie das und was stattdessen geschieht, kann man exemplarisch in der Dissertation »Schreiben. Eine Soziologie literarischer Arbeit« von Carolin Amlinger studieren. Ein ganzes Kapitel dieser Arbeit widmet die Autorin dem Thema »Autonomie«, ohne begriffen zu haben, was der Begriff Kunstautonomie bei Adorno wie bei Luhmann, die sie beide heranzieht, überhaupt meint. Ähnlich wie Sartre in »Qu'est-ce que la littérature?«, der auch von Autonomie spricht, damit aber vor allem die »Unabhängigkeit«[43] bzw. die »Freiheit des Schriftstellers«[44] im Blick hat, glaubt Amlinger, Autonomie sei so etwas wie die Freiheit des Künstlers, sich ganz seinen Neigungen hingeben zu können, während Kunstautonomie jedenfalls bei Adorno und Luhmann bedeutet, dass Kunst nur nach Regeln entsteht und beurteilt wird, die rein künstlerische sind, Regeln, die sich auch gar nicht am Künstler festmachen lassen, sondern nur am Kunstwerk. Und weil sie das gar nicht verstanden hat, stimmt sie der Kritik einer Schriftstellerin namens Julika Steffens zu (der richtige Name wurde mit dem Ziel der Anonymisierung abgeändert), dass Werkstipendien einen Autor in eine »paternalistisch konnotierte Abhängigkeitsbeziehung« nötigen und damit zu einem »subjektiv erlebten Zwang« führen, »in einem bestimmten Zeitraum schreiben zu müssen«.[45] Auch Literaturpreise hält Amlinger für problematisch, weil dort Jurys über Bücher urteilen, ohne dem »Anspruch einer demokratischen Repräsentation« zu genügen. Unterdrückt werde so, was Amlinger groteskerweise, aber allen Ernstes »im Anschluss an die 1973 publizierte Schrift ›Legitimationsprobleme im Spätkapitalismus‹ von Habermas« fordert: »eine Auseinandersetzung um den gesellschaftlichen Konsens im Literaturbetrieb«.[46] Der literarische Text als Kunstwerk mit objektiv bestimmbaren Eigenschaften bleibt dergestalt völlig ausgeblendet. Bei Amlinger hat er nur noch eine Sozialdimension.

Sozialdimension

Begann Bundeskulturförderung zunächst mit Kunstförderung, traten im Laufe der 1980er Jahre soziokulturelle Förderziele hinzu, die allen voran durch die Einrichtung eines Fonds Soziokultur ihren Ausdruck fanden. Soziokulturelle Förderung zielt auf eine Animation zur Partizipation, die im literarischen Feld vor allem bei der Konzeption und Realisierung postdramatischer Theatertexte stattfindet.[47] Bemerkbar wird sie auch bei der

Einrichtung von Literaturhäusern und Literaturbüros seit 1985 oder bei der Etablierung diverser Literaturfestivals seit 2000. Man kann sie zwar als Orte literarischer Vermittlung begreifen, aber auch als lokales oder regionales Angebot zu einer Form von gesellschaftlicher Anteilnahme, für die ausgewählte Literatur nur als Anlass dient. Das Gebiet der Literaturrezeption, für das zuvor die selbstbestimmte Auswahl und der Rückzug aus der Gesellschaft das wesentliche Merkmal war, erfährt durch Literaturhäuser und -festivals jedenfalls eine eigentümliche Modifikation, und das längst in einem Umfang, der außerhalb der deutschsprachigen Länder keine Parallele findet.

Soziokulturelle Motive liegen auch einer Fragmentierung der Literatur zugrunde, die mit der Reklamierung einer Sonderrolle von »Frauenliteratur« begann, aber sogleich auch in der Zeitschrift »Die schwarze Botin«[48] Widerspruch aus der Frauenbewegung erfuhr, weil dort darauf insistiert wurde, dass es nur *eine* Literatur gebe, an der Frauen wie Männer mit gleichem Recht nach rein literarischen Kriterien und ohne Ansehen ihres Geschlechts beteiligt seien. Inzwischen hat die Fragmentierung der Literatur nach außerliterarischen Kriterien etwa durch Bildung einer queeren Literaturszene oder einer Selfpublisherszene, die in sich nochmals ausdifferenziert sind, nicht nur ausgeweitet, sondern sie wird auch unter dem Rubrum »Bibliodiversität« politisch gefordert. Ziel ist dabei eine »nicht globalisierte« »Ökologie des Verlegens« von Büchern, in der möglichst viele »marginalisierte Stimmen« zu Wort kommen.[49] Bemerkbar wird in diesem Bestreben einer Sichtbarmachung des gesellschaftlich Randständigen eine paradoxe Entwicklung, deren Ergebnis Andreas Reckwitz zunächst als »Ästhetisierungsgesellschaft«,[50] dann als »Gesellschaft der Singularisierung«[51] beschrieben hat. Bezeichnet wird vom ihm damit das Resultat eines Strukturwandels, durch den die standardisierte (fordistische) Massenproduktion gegenüber der Produktion dessen, was Reckwitz »Singularitäten« nennt, in den Hintergrund trete. Für Singularitätsgüter sei nicht mehr ihre Funktionalität entscheidend, sondern dass ihnen ein »kultureller Wert« oder eine »kulturelle Qualität« zugesprochen werde, die sie attraktiv mache. Dieses Phänomen habe es zwar schon immer gegeben, es werde in der Ökonomie der Spätmoderne aber von einer Begleiterscheinung zum dominanten Merkmal. Das sei bemerkbar sowohl bei der Produktion dieser Güter als auch bei der Wertschöpfung. Denn um etwa einen Markenturnschuh im Hochpreissegment herzustellen und erfolgreich zu verkaufen, könne man die reinen Produktionskosten schon fast vernachlässigen. Hergestellt und verkauft werde in erster Linie ein Image. Und mit der Herstellung von Images und ihrer Etablierung seien immer größere Bereiche der Wirtschaft beschäftigt.[52] Für die Verfeinerung einer singularistischen Lebensführung bieten staatlich finanzierte soziokulturelle Angebote zur

Förderung und Sichtbarmachung von »marginalisierten Stimmen« inzwischen eine passgenaue Ergänzung.

In Romanen wird längst thematisch, was eine solche Lebensführung kennzeichnet, zum Beispiel in Leif Randts »Allegro Pastell« (2020), dem Baßler und Drügh in ihrer Gegenwartsästhetik mehr Raum widmen als jedem anderen Gegenstand der Gegenwartskultur. Fasziniert konstatieren sie, dass alle Handlungen, die die Protagonisten dieses Romans vollziehen, von einem »ästhetischen Urteil« dominiert werden, weil die entscheidende Frage immer sei: »Welches ›Bild‹ gibt man ab, wenn man das tut«, was man gerade tut?[53] Indem aber diese Frage in den Mittelpunkt rücke, gelinge es, »Codes des Gegenwärtigen […] ebenso emotional nachvollziehbar wie intellektuell reflektierbar zu machen […].«[54]Aufschlussreich sei dabei vor allem, dass Randt ein »Milieu vorführt, in dem sich Apolitisches problemlos mit dem ›richtigen‹ ökologischen Denken verbindet und selbst Themen wie Nachhaltigkeit oder Diagnosen über das Anthropozän in Verbindung mit einer Stilkomponente prozessiert werden.«[55] In der Tat wird in Randts Roman eine »Mischwirklichkeit« aus ganz heterogenen Feldern, bei der Wahrnehmen, Handeln und Reflektieren sowohl der Protagonisten als auch der Erzählinstanz mit dem Primat der Bewertung von Stilqualitäten amalgamiert werden, die Bewusstseinslage eines bestimmten Milieus der Gegenwart sehr gut beobachtbar. Nicht deshalb aber findet Gegenwartsliteratur kulturpolitisches Interesse, sondern weil sie (wieder) in Dienst genommen werden soll, um einen Beitrag zur gesellschaftlichen Veränderung zu leisten. So wünschte sich Bernd Ulrich, der stellvertretende Chefredakteur der Wochenzeitung »Die Zeit«, dass sich Schriftsteller vermehrt gesellschaftspolitischen Themen wie dem des Klimawandels widmen, denn Klima sei schließlich nicht nur ein Thema unter vielen, sondern »ein neuer Aggregatzustand unseres Seins«, was immer das auch sein mag. Daher wünscht er sich von Schriftstellern endlich viele Texte, die zeigen, »wie anders, wie schön, wie sanft […] ein Alltag [wäre], der die Krise vermeidet, wo man seinem Gegenüber wieder besser in die Augen schauen kann und den Tieren auch.«[56]

Natürlich sind derlei Vorstellungen von Aufgaben der Literatur mit Kunstautonomie in einer funktional ausdifferenzierten Gesellschaft unvereinbar, aber von einer Autonomie der Kunst, meinte der Kunsthistoriker Wolfgang Ullrich, könne ohnehin nicht mehr die Rede sein. Kunst sei gar nicht mehr in der Lage, »aus eigener Kraft genügend Geltung zu erzielen«, und bedürfe daher »der Autorität anderer Bereiche«.[57] In der von Wolfgang Ullrich sowohl zutreffend beschriebenen, aber auch befürworteten »neue[n] Kunstwelt« gehe Kunst daher Allianzen ein. Durch sie könne das Kunstwerk »zugleich Design oder Mode sein, ebenso […] Symbol einer politischen Haltung oder [ein] Demonstrationsequipment oder aber als Fan-Objekt eine soziale Funktion erfüllen«.[58] Kunstwerke ließen sich »in einer

Kampagne gegen den Klimawandel« ebenso problemlos nutzen wie als Dekor auf Sneakers applizieren[59] oder »als spiritueller Dienstleister«[60] fungieren. Das, was an ihnen (noch) Kunst ist, soll sich von Aktivismus zwar unterscheiden lassen,[61] aber sie sollen doch auf jeden Fall »den vielfältigen Anforderungen [...] genügen, die an eine Kunst gestellt werden, die jenem postautonomen Prinzip der Addition von Qualitäten und Funktionen verpflichtet ist«.[62]

»Die anspruchsvolle Verteidigung von Kulturindustrie heute«, heißt es in Adornos »Résumé über Kulturindustrie«, »feiert ihren Geist, den man getrost Ideologie nennen darf, als Ordnungsfaktor«. »Sie gebe«, sei ihr Argument, »den Menschen in einer angeblich chaotischen Welt etwas wie Maßstäbe zur Orientierung.«[63] Was Ullrich als »neue Kunstwelt« anpreist, ist damit bündig auf den Punkt gebracht.

Konsequenzen für die Kulturförderung

Es ist kein neuer Gedanke, die Künste zur Beförderung gesellschaftspolitischer Anliegen nutzen zu wollen. In Westdeutschland lag er in den 1970er Jahren einem Literaturunterricht zugrunde, für den die gesellschaftliche Relevanz literarischer Texte das entscheidende Kriterium ihrer Bedeutung war. Gegen eine solche Politisierung der Künste, die zum Überdruss der Theaterkritikerin Christine Dössel in der Gegenwartsdramatik »im Namen des Korrekten, Woken und Guten« längst erneut dominiert,[64] lassen sich auf der Basis aller drei theoretischer Konzepte, die hier bislang zur Bestimmung der Besonderheit des Ästhetischen herangezogen wurden, Einwände erheben.

1) Nimmt man nicht das Kunstwerk, sondern die Kunstwahrnehmung zum Ausgangspunkt und bestimmt wie Rüdiger Bubner, Moritz Baßler und Heinz Drügh mit Kant, was sie wesentlich ausmacht, stößt man sofort darauf, dass sie dergestalt nicht politisierbar ist. Denn das, was Kant in der »Kritik der Urteilskraft« »schön« nannte, ist ein »Wohlgefallen [...] ohne alles Interesse« (§ 2), das sich bei der Wahrnehmung einer »Zweckmäßigkeit ohne Zweck« (§ 15) einstellt. Schönheit war also auch für Kant nichts, was heteronom bestimmt wäre, und davon ausgehend konnte Bubner gleichermaßen die Existenzialontologie Martin Heideggers, die Kritische Theorie Theodor W. Adornos und die marxistische Ästhetik von Georg Lukács kritisieren, weil sie mit ihrer jeweils unterschiedlichen Bindung des Ästhetischen an Wahrheit als etwas der Kunst Heteronomem die Eigenart des Ästhetischen verfehlen.

2) Dass Adorno wiederum gegen Kant berechtigt einwandte, es gebe einen Unterschied zwischen dem Naturschönen und dem Kunstschönen, und das Kunstschöne habe eine geschichtliche Dimension, die Kant unzulässig völlig

ausspare, hatte ich schon erwähnt. Wichtiger noch als die Schlussfolgerungen, die sich daraus ergeben, ist an dieser Stelle jedoch Adornos Kritik an dem, was er und Max Horkheimer 1947 in der »Dialektik der Aufklärung« als Kulturindustrie bezeichnet haben. »Kulturindustrie«, bestimmte Adorno resümierend 1963, »ist willentliche Integration ihrer Abnehmer von oben«.[65] Nichts anderes wären Indienstnahmen der Kunst zur Beförderung gesellschaftspolitischer Ziele, die man mit Adorno auch als »Ermahnungen« begreifen kann, »dem zu parieren, wohinter die mächtigsten Interessen stehen«.[66] Die Aversionen gegen derlei Autoritarismus, der allen Prinzipien eines demokratischen Gemeinwesens zuwiderläuft, gehen im Übrigen unter anderem zurück auf eine Diskussion aus dem Jahr 1942 zwischen Adorno, Günther Anders, Bertolt Brecht, Hanns Eisler, Ludwig Marcuse, Friedrich Pollock und Hans Reichenbach über den Roman »Brave New World« (1932), Aldous Huxleys dystopisches Schreckbild einer nicht etwa stalinistischen oder faschistischen, sondern kapitalistischen Gesellschaft, in der eine willentliche Integration aller von oben nahezu vollständig gelingt.[67]

3) Systemtheoretisch kann man Interventionsbestrebungen in das Kunstsystem zur Beförderung gesellschaftspolitischer Ziele damit als inadäquat zurückweisen, dass sie nicht mehr mit einer für das Kunstsystem spezifischen Leitdifferenz operieren, mit der alles, was Kunst ist, von Nichtkunst unterschieden werden muss. Geschieht das nicht, erfolgt ein Wechsel in ein anderes gesellschaftliches Subsystem, durch den die Kunst als Kunst außer Kraft gesetzt wird, was regelmäßig passiert, wenn Kunst auf dem Kunstmarkt als Ware gehandelt wird. Würde die Kunst nirgends mehr in ihrem Eigensinn wahrgenommen, führte das zu einem Komplexitätsverlust des gesellschaftlichen Gesamtsystems und einem sinkenden Grad an Freiheit, vor allem aber würde die Gesellschaft sich der Möglichkeit berauben, sich selbst in den Blick zu nehmen, da »[e]rst die Konstruktion einer Unterscheidung von realer und fiktionaler Realität« ermöglicht, »von der einen Seite die andere zu beobachten«.[68] Kunst kann dadurch »den Blick für Formen […] erweitern, die in der Welt möglich sind«.[69] Luhmann hat einen Fall beschrieben, in dem die Intervention des Subsystems Politik in ein anderes Subsystem gelingt.[70] Sie gelingt dann nämlich, wenn die Politik ihre Ziele in dem Code des Subsystems formuliert, der für eben dieses Subsystem operationalisierbar ist. Das geht im Subsystem Wirtschaft zum Beispiel, wenn CO_2-Emissionen durch die Politik mit einer spürbaren Steuer belegt werden. Die Sprache der Preise wird im Wirtschaftssystem sofort verstanden, eine entsprechende Sprache aber, mit der Politik in Kunst als Kunst eingreifen könnte, gibt es nicht.

Aus welcher Sicht auch immer, aus keiner ist es eine gute Idee, Kunst gesellschaftspolitisch instrumentalisieren zu wollen – sei es durch die Politik, sei es durch zivilgesellschaftliche Interessensgruppen, die das von der Politik fordern oder für sie auch ohne Auftrag befördern wollen, sei es durch die Künstler selbst. Nur auf Basis dieser Einsicht ist staatliche Kulturförderung in einer demokratischen Gesellschaft, deren Praxis nicht ihrem Begriff widerspricht, sinnvoll möglich.

1 »Über die ästhetische Erziehung des Menschen«, 23. Brief. — **2** Armin Nassehi: »Theorie der überforderten Gesellschaft«. München 2021. — **3** So der Titel einer Buchreihe, die Walter Höllerer im Carl Hanser Verlag herausgegeben hat. — **4** https://www.deutscher-literaturfonds.de/info/satzung. — **5** Theodor W. Adorno: »Ästhetische Theorie«. In: Ders.: »Gesammelte Schriften«, Bd. 7. Hg. von Gretel Adorno und Rolf Tiedemann, Frankfurt/M. 1970. — **6** Niklas Luhmann: »Die Kunst der Gesellschaft«. Frankfurt/M. 1978. — **7** Entsprechend bezeichnet Carl Amery in seinem Geleitwort einer Dokumentation Fördertätigkeit des Literaturfonds (»Der Deutsche Literaturfonds. Dokumentation eines Fördermodells«. Darmstadt 1987, S. 11) Stipendien als »Instrument der Werkhilfe«, während Uwe Timm dafür plädierte, eine »Textprobe sollte nur dann angefordert werden, wenn man sich noch kein Bild über das literarische Vermögen des Autors anhand seiner publizierten Bücher machen« könne (ebd., S. 67). Timm konnte sich mit seinen Vorstellungen von einer nicht werk-, sondern autorenzentrierten Förderung im Literaturfonds indes nicht durchsetzen. — **8** Rüdiger Bubner: »Ästhetische Erfahrung«. Frankfurt/M. 1989. — **9** Umberto Eco: »Opera aperta«. 2. Aufl., Mailand 1967, dt.: »Das offene Kunstwerk«. Frankfurt/M. 1977. — **10** Heinrich Bosse: »Autorschaft ist Werkherrschaft. Über die Entstehung des Urheberrechts aus dem Geist der Goethezeit«. Paderborn, München u.a. 1981. — **11** »Gesetz über Urheberrecht und verwandte Schutzrechte«, § 2. — **12** Ulrich Loewenheim: »§ 2 Rn 20«, in: Ders. / Gerhard Schricker: »Urheberrecht«. München 2010. — **13** Juliane Rebentisch: »Theorien der Gegenwartskunst«. Hamburg 2013, S. 17. — **14** Ebd., S. 10. — **15** Vgl. Luhmann: »Die Kunst der Gesellschaft« (wie Anm. 6), S. 282. — **16** Vgl. Adorno: »Ästhetische Theorie« (wie Anm. 5), S. 265. — **17** Vgl. dazu Walter Benjamins zurückgezogene Habilitationsschrift »Ursprung des deutschen Trauerspiels« (»Gesammelte Werke«, Bd. 1, Frankfurt/M. 1980, S. 203–430), über die Georg Lukács so polemisch wie sachlich richtig feststellte, Benjamin habe in ihr »die Allegorie in einem penetrant heutigen Sinn charakterisiert, und zwar [...] vor allem, weil er mit großer Kühnheit und Entschiedenheit eben bei Gelegenheit des Barockdramas ziemlich unverhüllt über die heutige avantgardistische Literatur spricht [...]« (»Wider den mißverstandenen Realismus«. Hamburg 1958, S. 42f.). — **18** Vgl. Heinz Schlaffer: »Faust, Zweiter Teil. Die Allegorie des 19. Jahrhunderts«. Stuttgart 1981 und Albrecht Schönes kritische Anmerkungen zu diesem Buch in: Johann Wolfgang Goethe: »Faust. Kommentare«. 4., überarb. Auflage, Frankfurt/M. 1999, S. 430–432. — **19** Immanuel Kant: »Kritik der Urteilskraft«, § 58. — **20** Moritz Baßler: »Der deutsche Pop-Roman. Die neuen Archivisten«. München 2002, S. 13. — **21** Siehe dazu etwa die Beiträge in Johannes Birgfeld / Claude D. Conter: »Christian Kracht. Zu Leben und Werk«. Köln 2009. — **22** »Pop. Kultur und Kritik«, H. 18, Frühling 2021, S. 132–149 (https://pop-zeitschrift.de/2021/06/28/der-neue-midcultautorvon-moritz-bassler-autordatum28-6-2021-). — **23** Umberto Eco: »Massenkultur und ›Kultur-Niveaus‹«. In: Ders.: »Apokalyptiker und Integrierte. Zur kritischen Kritik der Massenkultur«. Frankfurt/M. 1984, S. 37–58. — **24** Der Begriff »Midcult« geht zurück auf Dwight MacDonald, der, da es sich nicht um Kultur handle, nicht von Mass Culture, sondern von Masscult spricht und von ihr den »mittleren«, kleinbürgerlichen Midcult unterscheidet (vgl. ebd., S. 40). — **25** Moritz Baßler / Heinz Drügh: »Gegenwartsästhetik«. Göttingen 2021. — **26** Immanuel Kant: »Kritik der Urteilskraft«, § 15. — **27** Ebd., § 25. — **28** Harry Lehmann: »Gehaltsästhetik. Eine Kunstphilosophie«. Paderborn 2016, S. 33–79. — **29** https://taz.de/Literaturkritik/!5781195/; vgl. auch die Diskussion zwischen Baßler und Kessler, die das Kulturwissenschaftliche Institut der Universität Essen daraufhin veranstaltet hat: https://blog.kulturwissenschaften.de/ankundigungstext-zu-moritz-basler-und-florian-kessler-uber-der-neue-midcult/. — **30** Moritz Baßler: »Populärer Realismus. Vom International Style gegenwärtigen Erzählens«. München 2022, S. 141. — **31** https://www.facebook.com/jo.lendle/posts/10225935335669205. — **32** Giulia Enders: »Darm mit Charme«. Berlin 2014, S. 20. — **33** Theodor W. Adorno: »Ästhetik (1958/59)«. Hg. von Eberhard Ortland. Frankfurt/M. 2017, S. 320. — **34** Rebentisch: »Theorien der Gegenwartskunst« (wie Anm. 13), S. 13. — **35** Baßler / Drügh: »Gegenwartsästhetik« (wie Anm. 25), S. 73. Genau genommen sagt Kant über objektive Eigenschaften von Kunstwerken gar nichts, weil seine dritte Kritik nur die Urteilskraft behandelt. — **36** Ebd., S. 60 f. — **37** Adorno: »Ästhetik (1958/59)« (wie Anm. 33), S. 23. — **38** Ebd., S. 216. — **39** Hg. von Klaus Reichert und Michael Schwarz, Berlin 2014. — **40** Peter Szondi: »Theorie des modernen Dramas«. In: Ders.: »Schriften I«. Frankfurt/M. 1978, S. 9–148. — **41** Hans Blumenberg: »Die Genesis der kopernikanischen Welt«. Frankfurt/M. 1975. — **42** Reinhart Koselleck: »Kritik und Krise. Eine Studie zur Pathogenese der bürgerlichen Welt«. Freiburg, München 1959. — **43** Jean-Paul Sartre: »Was ist Literatur?«. Hg., neu übersetzt und mit einem Nachwort von Traugott König. Reinbek bei Hamburg 1981, S. 83. — **44** Ebd., S. 114. — **45** Carolin Amlinger: »Schreiben. Eine Soziologie literarischer Arbeit«. Berlin 2021, S. 378. — **46** Ebd., S. 430. — **47** Dazu affirmativ: Hans-Thies Lehmann: »Postdramatisches Theater«. Frankfurt/M. 1999; Erika Fischer-Lichte: »Ästhetik des Performativen«. Frankfurt/M. 2004. Dazu kritisch: Bernd Stegemann: »Kritik des Theaters«. Berlin 2013; Jakob Hayner: »Warum Theater. Krise und Erneuerung«. Berlin 2020. — **48** Reprint ausgewählter Beiträge, hg. von Vojin Saša Vukadinović, Göttingen 2020. — **49** Susan Hawthorne: »Bibliodiversität. Manifest für unabhängiges Publizieren«. Berlin 2017. — **50** Andreas Reckwitz: »Die Erfindung der Kreativität. Zum Prozeß gesellschaftlicher Ästhetisierung«. Berlin 2012. — **51** Andreas Reckwitz: »Die Gesellschaft der Singularisierung«. Berlin 2017. — **52** Siehe exemplarisch für das Bundesland Hessen: https://www.kreativwirtschaft-hessen.de/kwbericht_epaper/#6. — **53** Baßler / Drügh: »Gegenwartsäthetik« (wie Anm. 25), S. 62. — **54** Ebd., S. 64. — **55** Ebd., S. 245. — **56** https://www.zeit.de/2021/43/literatur-klimawandel-corona-klimakrise-kultur-zukunft-science-fiction/komplettansicht?fbclid=IwAR0r0c7K6lGChEOPP4LjPIaZXDytEWpl_lLhm5n39GkaCeGvel1nmdoEQrI. — **57** Wolfgang Ullrich: »Die Kunst nach dem Ende ihrer Autonomie«. Berlin 2022, S. 41. — **58** Ebd., S. 87. — **59** Ebd., S. 93. — **60** Ebd., S. 101. — **61** Ebd., S. 133. — **62** Ebd., S. 149. — **63** Theodor W. Adorno: »Résumé über Kulturindustrie«. In: Ders.: »Gesammelte Schriften«, Bd. 10.1. Hg. von Rolf Tiedemann. Frankfurt/M. 1977, S. 342. — **64** https://www.sueddeutsche.de/kultur/berliner-theatertreffen-besucherschwund-schauspielhaus-bochum-christopher-rueping-claudia-roth-1.5582166?fbclid=IwAR10JlKZ24eSSa_pGJ8tNyuuTGbdvFS6X9KgMLbAjOn_gfLp-TVvr5gQH8o. — **65** Adorno: »Résumé über Kulturindustrie« (wie Anm. 63), S. 337. — **66** Ebd., S. 344. — **67** Vgl. Max Horkheimer: »Gesammelte Schriften«, Bd. 12: »Nachgelassene Schriften 1931–1949«. Hg. von Gunzelin Schmid Noerr. Frankfurt/M. 1985, S. 572–575. Vgl. auch Theodor W. Adorno: »Aldous Huxley und die Utopie«. In: Ders.: »Gesammelte Schriften«, Bd. 10.1 (wie Anm. 63), S. 97–122. — **68** Luhmann: »Die Kunst der Gesellschaft« (wie Anm. 6), S. 229. — **69** Ebd., S. 242. — **70** Vgl. Niklas Luhmann: »Ökologische Kommunikation. Kann die moderne Gesellschaft sich auf ökologische Gefährdungen einstellen?«. Opladen 1986.

Thomas Wohlfahrt

Vom Stiften und Anstiften

Am Beispiel der Stiftung Preußische Seehandlung

Dass die Stiftung Preußische Seehandlung besonders Literatur und literarische Unternehmungen fördert, hat ihr, auch in der deutschen Stiftungslandschaft einen besonderen Stellenwert beschert. Sie stiftet, und stiftet damit häufig an. So fördert sie. Anstiften, und davon möchte ich erzählen, bedeutet: einen ersten Impuls setzen im Sinne von ermuntern oder ermutigen, um etwas auf den Weg zu bringen oder auf die Schiene zu setzen. Sicher könnte es auch heißen, dass verführt werde oder dass Form und Inhalt vorgegeben seien. Übersetzt ins Stiftungssprech entspräche das, operativ tätig zu werden als Stiftung. Das ist hier nicht gemeint, es entspräche eben nicht dem Charakter dieser Stiftung.

Die Stiftung war mein zweites Berufsleben lang stets nebenher und also irgendwie immer dabei. Als 1988 aus der DDR Abgehauener bekam ich dort einen meiner ersten und bezahlten Aufträge im Westen, auch ein Stipendium war mir einst zuerkannt worden.

Seit es das Haus für Poesie (vormals Literaturwerkstatt Berlin) gibt, das ich gegründet und geleitet habe (von 1991 bis 2022), hat die Stiftung Preußische Seehandlung beinahe 80 einzelne Projekte des Hauses unterstützt. Darunter höchst innovative wie das Colloquium zur Ausstellung »p0es1s. Digitale Poesie« 2004 im Kulturforum in Berlin. Bei »e-poesie« ging es um die Kraft und die neuen, technologisch grundierten Möglichkeiten, wenn poetische Textstrukturen digital verarbeitet, bespielt, eskaliert werden oder andere Künste wie Musik, Tanz oder Film zum poetischen Text auf digitaler Ebene hinzutreten bzw. auf der Grundlage von Lyrik aufbauen und Ereignis werden; »Text/Tanz«, das ZEBRA-poetryfilmfestival« oder aber auch Teile der »Akademie für Lyrikkritik«. Letztere reagierte auf den Umstand, dass es eine fundierte und permanente Kritik für Lyrik in Deutschland nicht mehr gab; eine Kritik, die kundig und reflektierend die aktuellen Entwicklungen dieser Kunst begleitet und damit auch vermittelt. Unter verschiedensten Aspekten und entlang technologischer Entwicklungen wurde in einem Learning-by-Doing-Verfahren im geschützten Raum, Akademie zu sein, von Monat zu Monat für interessierte potenzielle Kritikerinnen und Kritiker gelehrt, getestet, probiert, diskutiert und in Teilen öffentlich agiert. Das Projekt, das von 2018 bis 2021 bestand, fand mehrere Förderer, darunter eben auch die Stiftung Preußische Seehandlung.

Ich möchte hier von drei Unternehmungen erzählen, die am Haus für Poesie, vormals Literaturwerkstatt Berlin, entstanden sind und bei denen die Stiftung Preußische Seehandlung früher Förderer bzw. Anstifter war. Von heute aus betrachtet haben diese Formate die Literatur-, vor allem die Poesielandschaft nicht nur in Berlin, sondern im deutschsprachigen Raum und weit darüber hinaus wesentlich und das heißt strukturell verändert und entwickelt. Es wurde also angestiftet zu etwas, das heute nicht mehr wegzudenken ist. Ich möchte über den Open Mike, den Literaturexpress Europa 2000 und das poesiefestival berlin erzählen. Darüber, wie Idee und Umsetzungen in kühnen und vorausschauenden Verfahren möglich werden konnten.

1 Der Open Mike

Als wir als neues und junges Literaturhaus in Berlin 1991 mit der Arbeit begannen, sahen wir uns schnell mit Nachfragen und Bitten von damals jungen Autorinnen und Autoren überhäuft, die darum baten, ihren Text doch einmal zu lesen und »etwas dazu zu sagen«. Schnell war klar, dass das von uns nicht zu leisten war, schließlich galt es mit der Literaturwerkstatt Berlin ein Literaturhaus mit eigenständigem Profil zu entwickeln und aufzubauen, das nicht nur zwischen den Berliner Ortsschildern wahrgenommen werde. Und wir waren anfangs nur zu zweit.

Der Zufall führte mich 1992 in die USA, wo ich etwas besuchte und erlebte, wofür es in Deutschland keine Entsprechung gab: *open mics*. Beeindruckt hatten mich die Offenheit des Verfahrens, ein jeder konnte sich für einen Platz nominieren und die »Bewertung« folgte unmittelbar. Jedes Mitglied der Publikumsjury vergab bewertende Punkte. Beifall oder Buhrufe lagen dicht beieinander.

Eine Form, wie der Not der Autoren und unserer Unterbesetzung begegnet werden könnte, schien gefunden zu sein: ein Vor-Lesewettbewerb. Klar war aber auch, dass eine Umsetzung eins zu eins in Konstellationen, wie sie im deutschsprachigen Raum anzutreffen waren, nicht sinnvoll gewesen wäre, weil für die Autoren keine mediale Aufmerksamkeit herzustellen gewesen wäre. Ein bloßes *anything goes* mochten wir nicht, weil es auch den Autoren nicht geholfen hätte. Es bedurfte qualitativer Absicherungen, sowohl seitens der Texte als auch der Bewertung. Die Struktur, die wir entwickelt hatten, simuliert auf allen Ebenen des Verfahrens den Literaturbetrieb im deutschsprachigen Raum. Aus den amerikanischen *open mics* entstand der »Open Mike«.

Mit dem Open Mike sollte ein Instrument geschaffen werden, das die Aufmerksamkeit von Verlagen, Publikum und Medien auf junge Literatur organisiert und dafür sorgt, dass sie einander kennenlernen und sie in die Lage versetzt werden, einander auch im Vergleich wahrzunehmen.

Der Open Mike wollte Türöffner sein, hinein in den Literaturbetrieb. An diesen Zielsetzungen hat sich bis heute nichts geändert, weil genau hier nach wie vor die Bedürfnisse junger Autoren liegen.

Die Teilnahme am Finale beim Open Mike bedeutet oft den Eintritt in den Literaturbetrieb. Viele Autorinnen und Autoren, die heute zum Kanon deutschsprachiger Literatur zählen, haben ihre Karriere beim Open Mike begonnen, unter anderem: Jörg Albrecht, Sandra Burkhardt, Karen Duve, Julia Franck, Lucy Fricke, Björn Kuhligk, Inger-Maria Mahlke, Terézia Mora, Ronya Othmann, Tilman Rammstedt, Kathrin Röggla, Jochen Schmidt, Ulf Stolterfoht, Judith Zander sowie Vea Kaiser, Maren Kames, Levin Westermann, Dmitrij Gawrisch, Benjamin Quaderer und Sebastian Unger.

Das Wettbewerbswochenende alljährlich im November ist nicht nur für Hunderte literaturbegeisterte Zuhörer zur Institution geworden. Für Verleger, Lektoren, Agenten der deutschsprachigen Literaturbranche ist die Beobachtung dieses Wochenendes in jährlicher Wiederkehr längst zum Pflichttermin geworden.

Von Anfang an und bis heute sind alle Bereiche des literarischen Lebens in das Open-Mike-Verfahren eingebunden: Produktion, Rezeption, Präsentation und Distribution.

Stufe eins: das unaufgefordert eingesandte Manuskript. Teilnehmen können deutschsprachige Autorinnen und Autoren, die nicht älter als 35 Jahre sind und noch keine literarische Publikation haben.

Aus den jährlich anonymisiert eingesandten Texten aus dem gesamten deutschsprachigen Raum wählen Lektorinnen und Lektoren renommierter Literatur- oder Lyrikverlage ihre Favoriten aus, die zu einer zweitägigen Lesung nach Berlin eingeladen werden. Das sind in der Regel 20 bis 22 Texte: Prosa und Lyrik.

Autorinnen und Autoren, die im deutschsprachigen Raum bereits Maßstäbe setzten, sind die Jury und benennen die Gewinner – nicht die Literaturkritik. Gewissermaßen küren Kolleginnen und Kollegen die ihnen nachfolgenden Kollegen und Kolleginnen.

Ein anhaltend großes Publikum ist genauso Resonanzkörper der öffentlichen Lesungen wie die versammelten Medien. Davon, dass solche Bewertungsfilter der eigenen Textarbeit gewünscht und gesucht werden, zeugen die jährlich etwa 600 Bewerbungen in Prosa und Lyrik, geschrieben von denen, die ihre Texte einer professionellen Betrachtung und Kritik unterziehen wollen. Die in den Texten verhandelten Themen sind so vielfältig wie die Erfahrungen und sich daraus ergebenden Fantasien und gesellschaftlichen Versuchsanordnungen derer, die sie verfassen.

Die Ausgewählten haben 15 Minuten Vorlesezeit, um auf der Bühne die Jury zu überzeugen und die versammelte literarische Welt auf sich aufmerksam zu machen. Nach 15 Minuten unterbricht ein Wecker den Lesefluss. Zu sagen wäre, dass dieser in all den Jahren selten zu hören war. Die Jury vergibt bis zu drei Preise, davon einen ausschließlich für Lyrik. Seit 2007 gibt es den taz-Preis der Publikumsjury. Dieser taz-Preis der Publikumsjury belohnt den Gewinner mit einem Abdruck seines Textes in der taz. Der öffentlich-rechtliche Radiosender Deutschlandfunk Kultur macht jeweils einen Mitschnitt und erstellt ein Feature über das Open-Mike-Wochenende und die Gewinner. Alle Finaltexte des Open Mike erscheinen jeweils zum Wettbewerbstermin in einer Anthologie im Allitera Verlag.

War die Stiftung Preußische Seehandlung »Anstifterin« des Open Mike, wird er seit 2006 mit der Crespo Foundation ausgerichtet. Vorausgegangen war die Mittteilung der Stiftung Preußische Seehandlung, wonach sie sich entsprechend der dramatisch zurückgehenden Renditen verabschieden müsse von langjährigen Förderungen. Man biete eine degressive Förderung über fünf Jahre an.

Mir/uns war daran gelegen, dass man bündele und für die nächsten zwei Jahre das finanzielle Engagement eher verstärke, um einen neuen Partner und Finanzier für den Open Mike ob seiner Strahlkraft finden zu können. Die neu gegründete Crespo Foundation in Frankfurt am Main sah sich in dieser Rolle, hatte sie sich doch zum programmatischen Slogan »Menschen stark machen« erkoren und sah das im Konzept des Open Mike als Wettbewerb für den literarischen Nachwuchs gegeben.

Über 13 Jahre hinweg, von 2006 bis einschließlich 2019 blieb die Crespo-Foundation verlässlicher Partner. Der Open Mike konnte zu einem ganzjährigen Verfahren zur Förderung junger Prosa und Lyrik im deutschsprachigen Raum entwickelt werden. Sein 20-jähriges Bestehen 2013 feierten beide Stiftungen gemeinsam mit uns, den Autoren und dem Publikum.

Schon lange war der Umgang mit Sprache und die Arbeit/das Verständnis von und für Sprache nicht mehr so wichtig wie gerade hier und heute. Der Open Mike war längst zum wichtigsten Förderwettbewerb für neue und junge deutschsprachige Prosa und Lyrik avanciert.

Dennoch: Der Open Mike brauchte ab 2020 neue und andere Förderer. Dass es ihn nach wie vor gibt, ist einer unglaublichen, vorher nie dagewesenen Aktion zu danken: eine Kollekte der Solidarität von Verlagen. Über zwei Jahre hinweg, die zudem die Jahre der Covid-19-Pandemie waren, haben 21 Verlage daran teilgenommen und finanziell beigetragen, was sie vermochten. Am Ende kam die jeweils sechsstellige Summe, derer das Verfahren Open Mike pro Jahr bedarf, zusammen. Verlage ob groß oder klein, scharten sich um den wichtigsten Nachwuchsförderwettbewerb junger Prosa und Lyrik, von dem neben den Autorinnen und Autoren die gesamte

Literaturlandschaft letztlich profitiert. Die Einladung mitzutun, ging an alle Literaturverlage in Deutschland. Zwei Verlage aus Österreich kamen auf Eigeninitiative hinzu.[1]

Ab 2022 konnten dann die Kosten des Open Mike als Zuwendung aus dem Berliner Haushalt im Finanzplan des Hauses für Poesie abgebildet werden. Sein Fortbestehen war gesichert.

Von der Anstiftung durch die Stiftung Preußische Seehandlung aus den Jahren seit 1993 bis zu seiner festen Etatisierung im Haushalt des Hauses für Poesie hatte es 29 Jahre bedurft, aber es war geschafft.

2 Literatur Express Europa 2000

Es war das größte Literaturfestival auf dem europäischen Kontinent – und zwar auf Rädern: In Lissabon, Bahnhof Santa Apolonia wurde am 8. Juni 2000 mit Sekt ein Zug auf »Literatur Express Europa 2000« getauft. Er startete mit 103 Autorinnen und Autoren aus 43 Ländern Europas sowie einem internationalen Team von Leitung und Betreuern auf seine Reise quer durch Europa. Züge wurden gewechselt entlang verschiedener Spurweiten, verschiedener Länder, Städte und Bahnhöfe. Wir durchquerten Portugal, Spanien, Frankreich, sprachen im Europäischen Parlament in Brüssel vor und besuchten die Weltausstellung in Hannover. Auf der eigens für den Literatur Express wieder eröffneten Strecke verließ der Zug Polen und wurde in Kaliningrad wärmstens mit Balalaika und Volkstanz empfangen. Litauen begrüßte uns mit Free Jazz in seiner Hauptstadt Vilnius. In einem großen Bogen durchquerten wir Lettland, Estland, erreichten St. Petersburg, Moskau, Minsk und wechselten Zug und Spurweite ein letztes Mal in Brest Litowsk in Belorussland, um über Warschau am 15. Juli Berlin zu erreichen.

An Bord waren heute international so wichtige Autorinnen und Autoren wie Jurij Andruchowytsch und Andrij Bondar (Ukraine), Ana Luise Amaral, Paulo Teixeira und Inês Pedrosa (Portugal), Amanda Aizpuriete (Lettland), Aslı Erdoğan (Türkei), Bernardine Evaristo, Glenn Patterson (Großbritannien), Leo Tuor und Christina Viragh (Schweiz), Felicitas Hoppe, Richard Wagner (Deutschland), Dubravka Ugrešić (Kroatien, Niederlande), Aleš Šteger (Slowenien), Jacek Podsiadło (Polen), Lotte Inuk und Sulaima Hund (Dänemark), Herkus Kunčius, Eugenijus Ališanka und Laurynas Katkus (Litauen), Aleksandar Gatalica (Serbien), Jüri Ehlvest (Estland), Annie Saumont (Frankreich), Anne Haverty (Irland), Fatos Kongoli und Besnik Mustafaj (Albanien).

Alle Autorinnen und Autoren hatten einen Text zur Verfügung gestellt, der, aus über 50 Sprachen in beinahe alle übersetzt, als Konstante mitreiste und auf ein immer wieder anderes Publikum traf, das verschieden darauf reagierte und über Dinge anders diskutierte. Elf Länder wurden in 46 Tagen durchquert, in 19 Städten hielt der Zug, mehrtägige Veranstaltungen banden die jeweilige Bevölkerung ein, und Europa wurde dabei in seinem aktuellen Sein erfahren. Etwa eine Millionen Menschen erlebten Veranstaltungen, die in Lissabon, Madrid, Bordeaux, Paris, Brüssel, Hannover, Malbork, Kaliningrad, Vilnius, Riga, Tallin, St. Petersburg, Moskau, Minsk, Warschau und Berlin besucht wurden. Fast eine Milliarde Medienkontakte wurden, so die Kolleginnen und Kollegen von PR und Marketing, in allen 43 Ländern, gezählt.

Die beteiligten Autorinnen und Autoren haben immer wieder über das Abenteuer geschrieben. Der ersten Publikation »Europaexpress. Ein literarisches Reisebuch« (Eichborn Berlin, 2001) folgten weitere. Es überrascht nicht, dass jeder Autor, jede Autorin eine andere Reise erlebte und ein anderes Europa in den Texten aufscheint. Selbst einen »Mord im Nord-Süd Express« gibt es, verfasst vom aserbaidschanischen Autor und Teilnehmer am Literaturexpress Tschingis Abdullayev.

Was blieb außerdem? In Folge vieler Übersetzungen wurden viele Publikationen in unterschiedlichsten Sprachen und Ländern möglich. Der Roman »Der Literaturexpress« des damals jüngsten Teilnehmers, Lascha Bugadse (*1977) aus Georgien, erschien 2016, ins Deutsche übersetzt von Nino Haratischwili, in der Frankfurter Verlagsanstalt.

Das entstandene Netzwerk lebendiger Kontakte überall in Europa wurde das Fundament für alle weiteren internationalen Vorhaben vom Haus für Poesie, vormals Literaturwerkstatt Berlin, sei es die Lyrikline, das ZEBRA-Poetryfimfestival und bildete die Grundlage für das internationale Netzwerk von Poesiefestivalmacherinnen und -machern, deren jährliches Arbeitstreffen fester Bestandteil des poesiefestival berlin wurde.

Der Impuls zu dem, was »Literaturexpress Europa 2000« heißen sollte, kam im Sommer 1996 aus der Senatsverwaltung für Kultur in Berlin. Damals gab es noch eine Abteilung für Internationale Beziehungen in der Berliner Kulturverwaltung. Geleitet wurde sie von dem rührigen Jörg-Ingo Weber. Das Briefing war knapp, visionär und ließ alles offen: Wir haben bald den Milleniumswechsel, wir können uns ein europäisches Literaturprojekt vorstellen. Think Big!

Zuständiger Staatssekretär damals war Lutz von Pufendorf, der das Unterfangen bis zu seiner Realisierung ebenso unterstützte, wie der erste Kulturstaatsminister, Michael Naumann. Wolfgang Thierse übernahm als damaliger Bundestagspräsident die Schirmherrschaft über das europäische Parlament von Dichtern und Schriftstellerinnen.

Das Konzept entstand entlang der Tatsachen, dass es seit dem Fall der Mauer und dem Zusammenbruch des sowjetisch-osteuropäischen Sozialismus eine neue Durchlässigkeit auf dem gesamten Kontinent gab, und dass Grenzen nicht mehr nur abschotteten und verhinderten. Die Eisenbahn durchschnitt seit Mitte des 19. Jahrhunderts den Kontinent und verband Länder, Sprachen und Kulturen als deren Transportband. Historisch gewachsen gibt es drei Spurweiten auf dem Kontinent: die iberische, die mitteleuropäische und die osteuropäische. Sie hatten Verteidigungsfunktion. Verhinderten sie doch, dass mit Armeen und Kriegsgerät einfach so durchgefahren werden konnten, nach Spanien und Portugal oder nach Russland und ins Baltikum. Waren der Spurweitenwechsel zwischen Spanien und Frankreich dank technologischer Entwicklungen zwischen spanischem Talgo und französischem TGV im Jahr 2000 bereits fließend geworden, geht der Wechsel zwischen der Mittel- und der osteuropäischen Spurweite nach wie vor nicht ohne Zugwechsel einher, in Kaliningrad/Königsberg und in Brest-Litowsk in Belarus.

Ein Belgier, Georges Nagelmackers (1845–1905), wollte seit den 1980er-Jahren einen Luxuszug etablieren, der Europa von mehreren Seiten her durchfuhr, den »Nord-Südexpress«. Dieses Projekt, von Lissabon bis Paris bzw. zwischen St. Petersburg – Moskau und Paris, wurde während der Kriege des 20. Jahrhunderts gestoppt, danach aber auch unter ökonomischen Aspekten sofort wieder aufgenommen. Aufgegeben werden musste die Zielvorstellung von einem offenen und bequem zu durchquerenden Kontinent Europa mit der von der Sowjetunion bewerkstelligten Berlin-Blockade, 1948. Der »Nord-Südexpress« war im späten 19. und frühen 20. Jahrhundert berühmter als der heute allseits bekannte »Orientexpress«. Entlang seinen Strecken bewegten sich auch die großen Fluchtbewegungen des 19. und 20. Jahrhunderts, verursacht vor, während und nach den Weltkriegen, dem Spanischen Bürgerkrieg oder der russischen Oktoberrevolution bzw. ihren Folgen.

Auf dieser historischen Route wollten wir reisen. Das bedeutete, dass die Verbindung zwischen Polen und Kaliningrad (vormals Königsberg) eigens für den Literaturexpress restauriert und wieder in Betrieb gesetzt werden musste. Allein, dass dies wirklich geschah, ist Beleg für die große Symbolkraft, die der erstmal wieder zugängliche Oblast Kaliningrad (vormals Ostpreußen) und damit Russland dem Literaturexpress Europa 2000 und der historischen Streckenführung zollten. Auch damals musste alles was Russland betraf über Moskau geregelt und im Kreml zentral entschieden werden. Am 1. September 1999 lud das russische Komitee für die Jahrtausendfeierlichkeiten vergleichbare Komitees aus aller Welt – von Australien bis Frankreich – zu einer die Feierlichkeiten ansatzweise koordinierenden Konferenz nach Moskau ins Hotel »Präsident« ein. Würde hier der Literaturexpress Europa 2000 als zu realisierendes Projekt für Russland genannt werden – oder nicht? Das war für uns und die Kollegen aus den elf Ländern, durch die der Zug fahren sollte, die zentrale Frage. Anwesend waren alle möglichen Würdenträger

Russlands, wie etwa der Kirchen sowie der damalige Ministerpräsident Russlands – von ihm war seit August 1999 bekannt und von der Duma bestätigt, dass er der Nachfolger von Boris Jelzin sein würde: Wladimir Putin.

Wie aber beginnen mit etwas, wofür es keine Beispiele, keine Erfahrungen und schon gar keine Blaupausen gab? Geschweige denn Geld. Hinzu kam, dass in den 19 Städten entlang der Strecke alle Veranstaltungen in der Zuständigkeit der Kolleginnen und Kollegen vor Ort zu erarbeiten und zu organisieren waren, inklusive der mehrtägigen Übernachtungen in Hotels von an die 150 Personen, die besorgt und verbindlich garantiert werden mussten.

Elf Eisenbahngesellschaften aus den Ländern, durch die der Zug fuhr, galt es als Sponsoren zu gewinnen. Züge mussten bereitgestellt und ein Fahrplan erstellt werden, der die Züge einfädelte in den internationalen Fahrplan. Im Gegensatz zu permanenter Beweglichkeit ›normaler‹ Wagenreihungen, waren die Sonderzüge künstlerisch gestaltet und bedurften entsprechender Standzeiten in den verschiedenen Orten. Zudem hatte die Deutsche Bahn mit dem sogenannten »Görlitz« von Brüssel bis Kaliningrad wie von Brest-Litowsk nach Berlin den einstigen Regierungszug der DDR zur Verfügung gestellt. Die künstlerische Gestaltung des »Görlitz« setzte die Künstlerin Nauka Kirschner (Atelier: Doppelpunkt Kommunikationsdesign) opulent in Szene. Durchs Baltikum, von Kaliningrad nach Litauen, Lettland und Estland, war der Sonderwagon des lettischen Präsidenten der Wagenreihung beigefügt worden.

Es galt eine Logistik, die all das koordinierend zusammenhielt, zu erarbeiten und international umzusetzen. Dementsprechend wollte ein Vertragssystem definiert werden, das all die einzelnen Elemente bedachte und nach allen Seiten und für jeden Einzelnen sichernd zusammenzurrte sowie justiziabel Sprache werden ließ.

Geradezu übermächtig stand die Frage der Finanzierung im Raum. Niemand weiß genau, wie teuer der Literaturexpress Europa 2000 wirklich war, weil er nur gesamteuropäisch zu finanzieren war, und die Preise damals in den einzelnen Ländern noch viel unterschiedlicher waren als heute. Von deutschen Preisen ausgehend hochgerechnet waren etwa 12 Millionen D-Mark (etwa 6 Millionen Euro) zu veranschlagen.

Zwischen uns und der Stiftung Preußische Seehandlung gab es viele gute und zielorientierte, auch kritische Gespräche. Auch seitens des Berliner Senats war sicher deutliches Interesse signalisiert worden. Letztlich finanzierte die Stiftung Preußische Seehandlung durch die Vermittlung des Vorstandes Walter Rasch 1997/98 eine Machbarkeitsstudie, die eines ermitteln sollte: Trägt die von uns erarbeitete Reißverschlusslogistik zwischen Ländern, Orten, Personen, und ist das Projekt in seinen Dimensionen überhaupt durchführbar? In dieses Projekt zu investieren war und blieb, bei allem vorhandenen politischen Willen, riskant.

Jahre später, 2003, sagte Bundespräsident a. D., Richard von Weizsäcker anlässlich des 20-jährigen Jubiläums der Stiftung, über den Literaturexpress Europa 2000: »Am Anfang stand das Konzept von Thomas Wohlfahrt. Die Stiftung stellte mit Recht den Ideenreichtum und die Verlässlichkeit von ihm und der von ihm geleiteten Literaturwerkstatt Berlin fest. Aus dem zunächst allzu kühn scheinenden Gedanken entwickelte sich eine großartige Sache. […] Der Express endete am 14. Juli 2000 (nicht in Paris, sondern) in Berlin mit einem überwältigenden Empfang durch die Bevölkerung und die Medien.«

In der FAZ vom 17.7.2000 war zu lesen: »Und der Autor sah, dass es gut war. (…) Als der Zug pünktlich auf die Minute in den Bahnhof Friedrichstraße einrollte, war das jedenfalls ein historischer Augenblick. Der Bahnhof war so überfüllt, als kehre da eine Expedition zumindest vom Mond zurück (…) die Literatur selbst hatte sich in Zugform materialisiert. Berlin schien dieser Ankunft so heftig entgegengefiebert zu haben, als lebe man ansonsten im literarischen Dürregebiet.«

Alle 34 Länder finanzierten damals die Anreise ihrer Autorinnen und Autoren nach Lissabon wie deren Abreisen aus Berlin. Da, wo es nationsüberschreitende Sprachgebiete gab, finanzierten diese gemeinsam die Übersetzungen aller Texte in die jeweilige Sprache, ansonsten oblag das den einzelnen Ländern. Hinsichtlich der Übersetzbarkeit literarischer Texte wurde aber schmerzlich bewusst, wie löchrig bis beinahe unmöglich es war, Literatur zwischen den Sprachen Europas zu übersetzen. Literarische Übersetzungen zwischen dem Griechischen und Portugiesische waren damals faktisch nicht möglich und nur zu realisieren, weil eine Übersetzerin in Lateinamerika gefunden wurde, die das in beide Richtungen vollbringen konnte. Aus dem Albanischen oder Baskischen in viele Sprachen zu übersetzen, blieb schier unmöglich.

Während der Abschlussveranstaltung des Literaturexpress Europa 2000 auf dem Berliner Bebelplatz, unweit des Denkmals der »Versunkenen Bibliothek« von Bernd Groten, forderten die irische Autorin Anne Haverty und der Portugiese Paulo Teixeira eine europäische Initiative für Übersetzungsprogramme von Literatur in Europa ein. Die europäische Kommission selbst hatte damals (nur) die Tagegelder für alle am Literaturexpress Europa 2000 Teilnehmenden zur Verfügung gestellt.

Ich frage mich, ob auch heute ein paneuropäisches Projekt wie dieses noch gelingen würde. Es fällt schwer, diese Frage mit Ja zu beantworten. Klar, war auch viel Glück im Spiel und der Umstand, dass es überall einen Milleniumswechsel zu zelebrieren galt. Übergreifend aber enthielten »Freude schöner Götterfunke …« in Werten wie Freiheit, Frieden und Solidarität Instrumente, die den sprachlich kulturell wie politisch und militärisch zerrissenen Kontinent nach der überwundenen Trennung zusammenführen könnten. Vom Ende der Geschichte war gar die Rede, denn Ost und West standen sich nicht mehr feindlich gegenüber und wollten zueinander finden. Dass es den Literaturexpress Europa 2000 unter Beteiligung aller im Europarat zusammengefassten Länder gab, die ihn in einer Art Kollekte-Verfahren auch finanzierten, steht auch dafür und ist dessen Ausdruck.

Was ist aus dieser, unserer Energie, Hoffnung und Freude von damals geworden? Starke Fliehkräfte sind in Europa am Werk, und nicht nur in der EU. Alte und überwunden geglaubte Geister sind zurück. Nationale Egoismen und Nationalismen prägen das Bild und die Diskussionen. Rassistische und migrationsfeindliche Tendenzen haben in den letzten Jahren stetig zugenommen. Wie ist das mit der Idee von Europa, dem geeinten?

Damals schien die Welt offen, zumindest in Europa. Wir fuhren ohne Kontrollen über Grenzen. Für viele Autoren aus Ländern wie Aserbaidschan, Armenien, Georgien, Türkei bis Malta, Island bis Zypern konnten die leidigen Visafragen oft erst im allerletzten Moment, aber eben gelöst werden. Die Kriege im ehemaligen Jugoslawien wollten nicht so recht in die allgemeine Euphorie passen, aber sie waren gerade zu Ende gegangen und die neuen sieben Staaten des einstigen Jugoslawiens stellten nun die größte Gruppe der Teilnehmer dar. Lissabon präsentierte stolz afrikanische Kultur und sein afrikanisches Viertel. In Bordeaux waren alle zum Schlemmen auf das Weingut »Baron Rothschild« geladen. Der Besuch der Weltausstellung in Hannover ließ alle ob ihrer Gigantomanie fragend und irgendwie hilflos zurück. In Minsk erreichten uns Gerüchte, wonach Schriftsteller und Journalisten verhaftet und ins Gefängnis verbracht worden seien. Die meisten Teilnehmer wollten vor das Gefängnis ziehen und für deren Freilassung demonstrieren, das Projekt hätte hier seinen Abbruch erfahren können. Anlässlich eines großen Volks- und Kunstfestes uns zu Ehren begab ich mich, um herauszufinden, ob etwas dran sei an dieser Vermutung, zusammen mit ›meinem‹ Dolmetscher auf eine spezielle Party für die belarussische Nomenklatura aus Kultur und politischer Elite. Es gelang mit Hilfe des Dolmetschers, die mir gereichten vielen Wodka nicht zu trinken, sondern zu entsorgen, und die trunkenen Politiker versicherten, dass aktuell keine Künstler oder Journalisten mehr im Gefängnis säßen.

Kaliningrad, die russische Exklave an der Ostsee, hatte zuvor die Reisenden des Literarturexpress Europa 2000 mit solcher Herzlichkeit nebst Familienanschlüssen empfangen, auf der einen Seite. Auf der anderen Seite sorgten post-sowjetischer Pomp mit Böllerschüssen aus Kanonen und Kranzniederlegungen an Kriegsgräbern für große Sprachlosigkeit nach allen Seiten. Für die Teilnehmer aus Westeuropa war es die erste Begegnung mit Russland. Entsprechend hoch war deren Adrenalinspiegel. Für die Autoren aus Osteuropa schien die Reise irgendwie zu Ende, weil fortan nur noch sowjetische Rituale zu erwarten waren, glaubte man. Die Menschen auf den Straßen und Plätzen wie in Veranstaltungen in Kaliningrad haben letztlich alle überrascht und große politische Ost-West-Diskussionen ausgelöst. Die jeweiligen Vorurteile waren ins Wanken geraten: Europa, so der allgemeine Tenor dort, kommt zu uns! Wir gehören dazu und sind Europa! Man sei sichtbar Teil davon und nicht länger das nicht zu betretende militärische Sperrgebiet. Der Traum, Freihandelszone an der Ostsee zu werden, ein europäisches Hong Kong, schien den Menschen dort wie ihrer politischen Elite ein Stück nähergekommen. Ja, sich autonom von Russland zu machen, wurde auf Straßen, in Familien und Kneipen lebhaft diskutiert, damals.

Ich selbst musste unabgesprochen, tat es aber letztlich gern, zusammen mit dem Gouverneur im Ehrenhain einen Baum pflanzen. Vor ein paar Jahren war ich noch mal an dieser Stelle. Es gab ihn noch, den Baum. Gewachsen war er. Gut schien es ihm zu gehen, denn der Platz um ihn und die Gedenktafel herum war gepflegt: »Zu Ehren der Ankunft des Literaturexpress Europa 2000 in Kaliningrad …«

Wie geht es dem Baum wohl heute, frage ich mich und erinnere, dass wir damals spontan am Grab von Immanuel Kant, das am wieder errichteten Dom von Kaliningrad zu finden ist, gelesen haben. Es waren Texte, die getragen waren von großer Hoffnung, die aber eben auch fragend, nachdenklich und offen in ihrem Resultat blieben. Dass Ukrainer, Russen und Belarussen dort zusammen auftreten, wäre heute wohl nicht (mehr) möglich.

3 poesiefestival berlin

Mit der Ankunft des Literaturexpress Europa 2000 in Berlin rauschte zum ersten Mal das poesiefestival berlin hinein in die Stadt, und zwar gleich auf den Potsdamer Platz. Straßen wurden gesperrt, um den etwa »dreieinhalbtausend Menschen« (FAZ) Platz zu gewähren, die stundenlang Gedichten lauschten, die auf der eigens angefertigten Bühne von Dichterinnen und Dichtern aus aller Welt in ihren Muttersprachen vorgetragen wurden. Die Übersetzungen ins Deutsche erschienen in einem gedruckten Reader, der erste »WELTKLANG«. Seitdem eröffnet diese Veranstaltung das jährlich stattfindende poesiefestival berlin. Dieses Festival gilt mit seinen zehn bis dreizehntausend Besuchern in acht Tagen als das größte in Europa und als eines der wichtigsten in der Welt.

Der Quellcode dazu aber war die »Berliner Sommernacht der Lyrik«. 1992 angestiftet und bis einschließlich 1999 gefördert von der Stiftung Preußische Seehandlung. Diese lange Nacht der Lyrik, die mit Jazz im illuminierten Garten der Literaturwerkstatt Berlin, im Majakowskiring aufwartete, beendete jeweils Ende Juni das Veranstaltungsjahr.

Natürlich wurden auch damals Gedichte geschrieben, aber geradezu gar nicht über zeitgenössische Dichtung geredet oder sie kritisch begleitet. Lyrikveranstaltungen waren eher unbekannt. Wenn vorgetragen, traf man sich mit Gedichten in kleinstem Kreis. Ich kann mich sehr gut daran erinnern, dass wir von allen Seiten gewarnt wurden, der Lyrik diesen Raum zu geben. Wen interessiere denn so etwas, es werde niemand kommen, waren gängige und offen geäußerte Bedenken. Zur ersten Berliner Sommernacht der Lyrik 1992 kamen etwa 150 Menschen, und von Jahr zu Jahr wurden es mehr. Das Eis war gebrochen. Dass sich daraus das poesiefestival berlin entwickeln würde, war 1992 freilich nicht zu ahnen.

Bleiben wir kurz beim Wesen der Lyrik. Lyrik ist eine der ältesten Kulturtechniken der Menschheit und verbindet durchaus Kognitives mit musikalischen Elementen wie Klang und Rhythmus. Sie sind es, die das Gedicht erst zum Gedicht werden lassen und Dichtung als »schön« gestaltet erscheinen lassen. Wo auch immer in der Welt und in welcher Sprache immer ein Gedicht gesprochen wird, fällt es auf als »abgehoben« oder »verschieden« von allen anderen Arten des alltäglichen Sprechens.

Lyrik/Dichtkunst ist nach wie vor dicht am ursprünglichen *poesis*-Begriff: jenem Machen/Tun, der Kreation. Das heißt: das Gedicht verknüpft, bildlich gesprochen, heraushängende sprachlich-faktische Enden von Realität und generiert ein Drittes, Neues, Anderes. Zu dichten ist in höchstem Maße schöpferische Arbeit. Der Leser/Hörer eines Gedichts leistet ebenfalls in höchstem Maße schöpferische Arbeit, indem er oder sie für sich gültig dechiffriert, was das konkrete Gedicht zum Gedicht werden lässt, nämlich das Zusammengehen von Aussage, Bedeutung und ästhetischem Reiz. Wenn man so will, ist jedes Gedicht *per se* eine 3D-Installation in Sprache und beansprucht weitestgehend alle Sinne.

Vers, Reim, Klang- und Rhythmuslinien, Strophen und Versmaße haben als innewohnende Mnemotechniken durch Jahrhunderte hindurch dafür gesorgt, dass die großen Stoffkomplexe wie die Ilias, die Odyssee oder der Gilgamesch mündlich weitererzählt werden konnten und so ihren Weg nach rings um die Welt gefunden haben.

Seit sie gedruckt erscheinen kann, hat sich die Textur eines Gedichts ›verdichtet‹. Beinahe vergessen wurde, zumindest in unseren Breiten, das Instrument von Dichtung: die menschliche Stimme. Dass das Instrument zum Gedicht dazu gehört, ist erst allmählich (wieder) bewusst geworden.

Denn: Ähnlich wie beim Lesen von Noten sind nur wenige Menschen in der Lage, aus der Textur heraus die musikalischen Elemente zu dechiffrieren und die vielschichtigen Strukturen der Komposition »Gedicht« freizulegen oder zu heben. Es bedarf des Instruments Stimme.

Für mich ist, jetzt, beim Wiederlesen der Presseartikel zum ersten WELTKLANG im poesiefestival berlin 2000, überraschend zu sehen, dass damals, also vor beinahe einem Vierteljahrhundert, die skeptischen Argumente, ob in FAZ, Berliner Zeitung, Tagesspiegel gleich klangen wie jene, die sich auch Anfang der 1990er Jahre einer anderen, adäquateren Präsentation von Lyrik macht-medial entgegenstellten: Die Zunft von Literaturkritikern reklamierte für Lyrik das Kleine, das Unbedeutende, den intimen Raum. Das ist, soll und wird auch so bleiben. Aber eben nur auch.

Aber: Selbst wenn das poesiefestival berlin mit seinen zehn bis dreizehntausend Besuchern in acht Tagen als das größte in Europa gilt, ist schon lange bekannt, dass die weltgrößten Lyrikfestivals das Zehnfache an Publikum erreichen, in Kolumbien oder in Nicaragua. Die orale Tradition wie Dimension des Gedichts als dessen hoch sinnliche Zustandsform war in Lateinamerika, in afrikanischen oder arabischen Kulturen, selbst in Osteuropa nicht so aus dem Blick geraten wie in westeuropäischen Breiten.

In der Berichterstattung des Jahres 2000 wurde unter dem überwältigenden Eindruck eines konzentriert mitlesenden Publikums wie begeisterter Dichter, ob Adonis, Ben Okri, Volker Braun, Inger Christensen, Amanda Aizpuriete oder Patricia Smith der aufbrausende Applaus des großen wie großartigen Publikums ungläubig gedeutet, »… als wäre Poesie kein esoterisches Gewebe, sondern die natürliche Stimme der Völker« (Berliner Zeitung, 17.7.2000).

Einzig »Die Welt« urteilte »Weltpoesie hatte den Potsdamer Platz in einen brodelnden Festplatz verwandelt – hoffentlich im nächsten Jahr wieder.« (17.7.2000)

Wir sind vorangekommen. Vielfach dank der Stiftung Preußische Seehandlung.

Es waren kluge, manchmal sogar kühne Entscheidungen, die die Jurores der Stiftung Preußische Seehandlung vorgeschlagen und deren Räte gefällt haben. Sehr zum Wohle der literatur- wie poesiefördernden Strukturen in Berlin. Dass das weit über Berlin hinausreichende und in die Welt hineinwirkende Bewegungen auslösen kann und tatsächlich auslöste, hat in Anstiftungen seine Voraussetzung; die vergleichbar kühn, mutig wie weit- und freidenkend sind und weiterhin bitte sein mögen.

1 Die Verlage, die den Open Mike über zwei Jahre getragen haben, das war schon so etwas wie der »Knall im All«, und kann gar nicht genug gelobt werden: Stiftung Aufbau (Aufbau-Verlage), Berlin Verlag, Bastei Lübbe, Droemer Knaur, dtv, Edition Korrespondenzen, Haymon Verlag, Kiepenheuer&Witsch, Kookbooks, Penguin Books, Piper, Poetenladen, Rowohlt, Secessions Verlag, S. Fischer Verlage, Thalia Bücher GmbH, Ullstein Buchverlag, Verlagshaus Berlin, Verlag Voland und Quist, Wallstein und Wunderhorn.

Lutz Seiler

Förderung und frühes Leid

1

Die Frage nach »Förderung« erinnert mich an ein Gefühl, das stark war in den jungen Jahren, später nachließ, nahezu verebbte, sich aber nie ganz verlor, eigentlich bis heute nicht: die Sehnsucht nach dem Mentor. Gefunden habe ich ihn nie, auch nicht das eine prägende Vorbild, dessen Nachahmung ein Eingang oder eine Brücke hätte sein können in die Welt des Schreibens. Im Haus meiner Eltern gab es keine Bücher, abgesehen von »Meyers Lexikon« in neun Bänden plus Ergänzungsband und zwei kleinen Enzyklopädien, eine zur Geschichte (brauner Einband) und eine zur Natur (blauer Einband). Außerdem jenes geheimnisumwitterte, in graues Leinen gebundene Buch mit dem Titel »Die Frau«, das meiner Mutter gehörte. Ich erinnere mich an die Nachmittage, als ich endlich ein »Schlüsselkind« geworden war, also allein von der Schule nach Hause gehen und mich allein in unserer Wohnung aufhalten durfte, dank eines eigenen Schlüssels, den ich an einem Strick um den Hals trug. Ich erinnere mich an die fremde Stille, wenn ich das Schlafzimmer meiner Eltern betrat. Und an das Herzklopfen, wenn ich das verbotene Buch dann zur Hand nahm (es war versteckt im Nachtschrank meiner Mutter, unteres Schubfach, oben lagen Taschentücher), um die Seiten mit den Abbildungen der Geschlechtsorgane aufzuschlagen. Die Erläuterungen dazu waren sehr medizinisch und in der Aufregung meiner Illegalität, die zur eigentlichen, mit dem Titel »Die Frau« überbeschriebenen Aufregung noch hinzukam, schwer zu begreifen.

Leider war mir auch nie vorgelesen worden als Kind. Keine Geschichte zum Einschlafen am Abend. Nach dem Wunsch zur guten Nacht löschte meine Mutter das Licht. Meine Eltern waren in einfachsten Verhältnissen aufgewachsen, sie kannten diese Kulturtechnik nicht, die Friedrich Kittler als Teil der »mütterlichen Alphabetisierung« beschreibt, und hatten auch kein Bewusstsein von der Leerstelle, die sie damit hinterließen. Für die Phase des Übergangs in den Schlaf war ich auf mich allein gestellt, einschließlich aller möglichen Ängste. Beim allabendlichen Aufzug jener Monster zum Beispiel, gegen die ich die allermodernste, gigantischste Bewaffnung aufbieten musste, jedenfalls in Gedanken. Krochen die Monster von unten aus dem Boden unter dem Bett die Wände herauf, begann ich an meine fantastische, unschlagbare Bewaffnung zu denken. Wobei die Monster, die meine Gedanken selbstverständlich lesen konnten, nicht erkennen durften, dass das alles nur Lügen waren und Attrappen: »Auf dem äußeren Kreis stehen die Panzer mit den großkalibrigen Doppelkanonen, zwanzig Panzer«, dachte ich, und zwar so intensiv wie nur möglich, zwanzig, zwanzig, zwanzig Panzer und so weiter. Niemals durfte ich nachlassen mit diesen Fiktionen meiner Streit- und Allmacht, bei Strafe meines Untergangs. Zur Abschreckung der Monster musste ich fest an meine Waffen *glauben*, was in der Tat das Anstrengendste war inmitten aller Kindheitsfinsternis. Und auf Dauer war das natürlich unmöglich – ich schweifte ab, verlor die Konzentration und landete erneut bei meiner Angst, blanke Angst und Ausgangspunkt für einen weiteren Anlauf: »Vierzig Panzer, vierzig …«

»Grimms Märchen« las ich dann schließlich selbst, während eines längeren Aufenthalts im Bezirkskrankenhaus Gera. Anlass war der Absturz von einem Baum gewesen, aus beachtlicher Höhe; der Ast, auf dem ich saß, war abgebrochen, aus meiner Ohnmacht erwachte ich erst im Rettungswagen. Ich erinnere mich, dass ich dort im Krankenhaus auch den »Gilgamesch« las, für junge Leser nacherzählt und herausgegeben in einem großformatigen Kinder- und Jugendbuch mit goldfarbenen Illustrationen, eine traumhaft schöne Ausgabe, die irgendwann verschwand und heute einfach nicht mehr auffindbar ist, während ich andere ›verlorene‹ Titel antiquarisch wieder ›einfangen‹ und zurückholen konnte in meine Bibliothek der ersten Lieblingsbücher. Immerhin, beide Bücher, den »Gilgamesch« und die »Grimms«, hatten mir meine Eltern damals ans Krankenbett gebracht bei einem ihrer Besuche und zwar »ohne besondere Aufforderung« – ein Ausdruck, den meine Mutter gern gebrauchte, wenn sie mir zu verstehen geben wollte, wie das, was sie von mir erwartete (und ihres Erachtens erwarten durfte), von da an zu geschehen hatte. Umgekehrt funktionierte das natürlich nicht, aber etwas davon stand im Raum nach meinem Sturz, unausgesprochen, wie so oft, und jetzt sage ich es so: Ohne besondere Aufforderung brachten mir meine Eltern zwei Bücher ans Bett, die »Grimms« und den »Gilgamesch«. Für diese allererste Förderung meines literarischen Interesses und letztlich meiner späteren Laufbahn (wenn man es so nennen will), genügte ihnen zu wissen, dass das Lesen ein üblicher und legitimer Zeitvertreib war in Krankenbetten. Bücher schienen angebracht, Südfrüchte und Bücher, wobei Südfrüchte bedeutend schwerer zu beschaffen waren, jedenfalls zu dieser Zeit, 1974 in Gera, in der Deutschen Demokratischen Republik. Nicht auszuschließen ist, dass meine Eltern in Märchen und in Mythen etwas sahen, das zu meiner Heilung beitragen konnte, schließlich waren sie es gewesen, die diese Bücher ausgewählt hatten, diese und keine anderen.

Als Elfjähriger war ich spät dran mit den Gebrüdern Grimm und las alle ihre Märchen *hintereinander*, ich las das Buch wie einen Roman. Als meine

Eltern entdeckten, dass ihr Kind (offensichtlich) Freude hatte am Lesen, schenkten sie mir zu jedem Weihnachten und zu jedem Geburtstag je vier Bücher – acht Bücher im Jahr, meine schönsten Geschenke, darunter »Flusspiraten des Mississippi« oder »Die Schatzinsel« aus der Reihe »Spannend erzählt«, und immer wieder gern auch Literatur, die mich schlauer machen sollte, Populärwissenschaft für den Nachwuchs mit Titeln wie »Der entscheidende Gedanke« oder »Feuerstrom aus Erz und Kohle«. Auch meine sexuelle Aufklärung wurde schließlich (inzwischen war ich bereits vierzehn Jahre alt) vollständig der Literatur anvertraut: Im Stapel der Weihnachtsgeschenke blieb das entsprechende Buch zunächst gut verborgen unter einem neuen Winterpullover mit skandinavischem Rentiermuster, tauchte dann aber unweigerlich auf. Und schon, weil es üblich war im Laufe der Bescherung anlässlich jedes einzelnen Geschenks ein Extrawort des Dankes zu sagen, konnte das Buch eigentlich nicht übergangen werden. Sein Titel war eine Frage: »Denkst du schon an Liebe?« Auf dem Cover war eine Art Lebensbaum abgebildet, in dessen schwungvollem Geäst zwei junge Liebende eingezeichnet waren, und zwar nackt. Der Untertitel hieß: »Fragen des Reifealters – dargestellt für junge Leser«. »Denkst du schon an Liebe?« Eine Frage, die mich unter den erwartungsvollen Blicken meiner Eltern (mit Gleichmut schlecht getarnt) einigermaßen sprachlos machte. Sicher sagte ich etwas wie »Ist das ein schöner Pullover«, und vielleicht sagte ich es dann, die Nacktheit im Lebensbaum vor Augen, einfach noch einmal: »Schöner Pullover« statt »Schönes Buch« oder »Schöner Pullover« statt: »Ja, an Liebe muss ich immerzu denken, vor allem an Sex, ist das noch normal?« Große Erleichterung rund um unsere Weihnachtstanne voller Lametta, als klar war, dass über das Kassiber im Rentierversteck nicht gesprochen werden musste.

So jedenfalls kam es, dass ein Sturz vom Baum, kopfüber, eine erste Investition in meine literarischen Interessen bewirkte, die leider schon wenig später nahezu vollständig erloschen, da mir Motorräder, Lederjacken und Blueskonzerte unter allen Umständen interessanter vorkamen. Vor allem aber war es unsere Clique, die jetzt alle Zeit und Aufmerksamkeit in Anspruch nahm, elf »urste Kunden«, wie man damals sagte, elf »Blueser« zugleich, darunter meine Blutsbrüder Steffen und Heiko (die Rasierklinge war stumpf gewesen) und ein Mädchen namens Jana, die meine erste Freundin wurde.

Während eines halbstündigen Termins im Berufsberatungszentrum, das zu Füßen des Frauengefängnisses von Gera lag, wurden die Weichen schließlich in eine andere Richtung gestellt. Ich erinnere mich, wie ich an der Seite meiner Mutter, endlos erleichtert, das Gespräch mit der Berufsberaterin auf irgendeine zufriedenstellende Weise absolviert zu haben (Interesse heuchelnd, war ich allen Empfehlungen gefolgt und hatte mich »entschieden«), das Gebäude der Berufsberatung verlassen hatte und dabei mein Blick auf das Frauengefängnis gefallen war, das hoch oben am Berghang thronte – und mahnte. Worin auch immer diese Mahnung bestand, ich dachte nicht darüber nach und schlug den Weg ins Bauwesen ein; zwei Jahre später begann meine Lehre als Baufacharbeiter.

2

Meine ersten Zeilen schrieb ich im Herbst 1981, ein paar Wochen nach meinem achtzehnten Geburtstag. Ich begleitete meinen Vater zu einem Treffen seiner ehemaligen Kommilitonen, es fand in einem Ort namens Deutscheinsiedel statt, in Sachsen gelegen, an der tschechischen Grenze. Das Hotel hieß »Zum Einsiedler« und zur Hochstimmung dieser Tage trug bei, dass ich dort ein eigenes Zimmer hatte. Ein eigenes Zimmer in einem Hotel, allein für mich und auf meinen Namen gebucht, war alles andere als selbstverständlich. Und überhaupt: Das ewige Gera zu verlassen, zu reisen und dann in einem Hotel abzusteigen – bis dahin war das in meinem Leben nur ein einziges Mal vorgekommen, anlässlich unseres Ostseeurlaubs auf Rügen, wo ich auf einer Liege unter dem Fenster geschlafen hatte, einen halben Meter vom Doppelbett meiner Eltern entfernt.

Damals war ich elf Jahre alt gewesen, jetzt war ich »volljährig«, achtzehn Jahre alt, und drei großartige Dinge kamen zusammen: Erstens das eigene Zimmer in einem Hotel. Zweitens die Erlaubnis meines Vaters, seinen russischen Wagen zu fahren (ein schneeweißer Shiguli mit orangem Dach und orangem Seitenstreifen) und drittens, dass ich schrieb. Beim Abendessen, mitten im Gespräch mit den Kommilitonen meines Vaters, allesamt Ingenieure des Textilmaschinenbaus, war ich aus der Gaststube des »Einsiedlers« auf mein Zimmer gestürzt und hatte geschrieben, ich schrieb! Wie im Rausch hatte ich Satz für Satz auf einen der Hotelbriefbögen des »Einsiedlers« gekritzelt, wobei ich nicht mehr sagen könnte, was genau ich eigentlich geschrieben habe, vor allem erinnere ich mich an das großartige Gefühl (tatsächlich eine Art Rausch), jener Moment, in dem alles danach verlangte, etwas auszusagen über das, was ich empfand beziehungsweise empfunden hatte im Kreis der Kommilitonen, die mit mir, und vielleicht war das der Glutkern des Ganzen, über meinen Vater gesprochen hatten. Mit mir gesprochen wie mit einem erwachsenen Mann, was mich dazu brachte, selbst ein paar Dinge über meinen Vater zu sagen, sehr ungelenk, zum einen, weil das vollkommen neu und ungewohnt war, zum anderen, weil ich ihn dabei das erste Mal von außen sah – als anderen Menschen, jenseits der Elternschaft, mit einem ganz eigenen Leben. Ich fühlte die Anmaßung, die darin lag, so zu reden, und zugleich eine Art Stolz. Dass ich dabei auch mich selbst und mein eigenes Leben sah, wäre übertrieben, aber ich empfand, kurz gesagt, dass ich auch *jemand* war, jenseits der Eltern. Jemand, mit dem man über die Eltern sprechen konnte. Und jemand, der darüber schreiben konnte – und ja: welche Ermächtigung im Schreiben lag! Wie viel Selbstbewusstsein sich aus einer einzigen Formulierung ergab oder ergeben konnte. Und wie dabei Dinge, die ich bis dahin nicht gewusst, nicht einmal geahnt hatte, zu Tage traten … Alles verlangte nach Schrift, und das Schreiben formulierte mich.

Dabei war das erste Schreiben mehr ein erstes Aufschreiben gewesen, die euphorische Notiz, die Mitschrift eines Gefühls, naiv im besten Sinne und ohne jeden Gedanken an Literatur. Das Schreiben hatte damit noch nicht wirklich begonnen – und es war auch nicht das Wichtigste an diesem Herbsttag in Deutscheinsiedel. An erster Stelle stand, unangefochten, dass ich den Wagen meines Vaters fahren durfte. Der Shiguli war heilig und kostbar und diese Fahrt, noch mehr als die Gespräche oder das Schreiben oder das eigene Zimmer im Hotel, ein Zeichen dafür, dass es mir gelang, in die Welt der Erwachsenen vorzustoßen. Den Platz am Lenkrad des Shigulis einzunehmen, schien der bedeutsamste Schritt auf diesem Weg, jedenfalls aus Sicht des achtzehnjährigen Lehrlings, der ich damals war.

Das Fahren: Eigentlich waren es nur ein paar Runden auf einem Schotterplatz in Deutscheinsiedel gewesen. Und trotz aller Vorfreude fiel es mir schwerer als gedacht. Ich verkrampfte, gab im Leerlauf Gas und beugte mich dabei nach vorn, so dass ich mit der Stirn beinah das Lenkrad berührte. Für meinen Vater sicher ein seltsamer Anblick. Er blieb sehr geduldig, er beruhigte mich, aber es hörte nicht auf. Es war eine Art Trauma. Damals hätte ich es nicht so genannt, heute kommt mir das Ganze sehr unwirklich und nicht besonders glaubhaft vor, aber geschehen ist es doch, und das Beste wird sein, von Beginn an davon zu erzählen, auch weil es mich zu einer zweiten Form früher literarischer Förderung bringt und also zurück zum eigentlichen Thema.

Eines der auf den ersten Blick attraktivsten Angebote während meiner Lehre als Baufacharbeiter, war die Möglichkeit, über die an unserer Berufsschule angesiedelte Zweigstelle der »Gesellschaft für Sport und Technik«, kurz GST, die »Fahrerlaubnis« zu erwerben, gleichbedeutend mit dem, was wir heute »Führerschein« nennen. Erst heute fällt der Unterschied ins Auge, klar und bedeutsam: Das Wort »Fahrerlaubnis« drückt im Kern ein Zugeständnis aus, eine »Erlaubnis«, die gewährt werden konnte oder nicht. Das Wort »Führerschein« hingegen assoziiert eher eine Berechtigung und steht letztlich für das (ich sage es so) demokratisch verbriefte Recht eines jeden, ein Fahrzeug zu führen. Vielleicht hatte man mit dem Terminus »Fahrerlaubnis« auch nur versucht, das Wort »Führer« zu vermeiden, auch das ist vorstellbar und wäre nicht ungewöhnlich gewesen für das Land, in dem ich lebte. Wie dem auch sei, der Weg zur Erlaubnis war steinig und langwierig damals. Eine verheißungsvolle und selbst für Lehrlinge erschwingliche Abkürzung bot die GST, ohne Zweifel eine eher paramilitärische Organisation, die auch Gedenkläufe mit Handgranatenzielwurf und Wettkämpfe mit Luftgewehr veranstaltete. Für sagenhafte siebzig Mark konnte man dort schon mit siebzehn Jahren eine Fahrschule belegen. Geschult wurde das Fahren allerdings auf Lastkraftwagen, Fünftonner vom Typ W 50 Ballon, die beim Militär ausgesondert worden waren. Die dabei zu erwerbende Fahrerlaubnis (Klasse 5) galt dann für Lastkraftwagen und Personenkraftwagen – und (erstaunlicherweise) auch für das Motorrad! Für mich der wichtigste Punkt.

Unser Fahrlehrer war ein mürrischer Mann. Er arbeitete im Schichtbetrieb in der Eisengießerei der WEMA-Union in Gera-Tinz. Ich habe seinen Namen vergessen und nenne ihn hier den Gießer. Sein Gesicht war grau und seine Arbeitskleidung eingegraut wie die ganze Gegend dieses Industriegebiets rund um Gera-Tinz. Auf dem Parkplatz vor der Einfahrt zum Werk stand sein W 50 Ballon, an dem wir uns trafen, oft nach seiner Frühschicht am Nachmittag, etwa zweimal in der Woche und fast ein ganzes Jahr. Wir waren zu dritt, drei Lehrlinge im zweiten Lehrjahr. Wenn der Gießer von der Schicht kam, wählte er aus, wer an diesem Tag zuerst am Steuer sitzen sollte – Gerd, Bernd oder ich. Dazu genügte ihm ein Blick und das Wort »du«. Die anderen saßen dann hinten auf der mit einer Plane verkleideten Pritsche. Ich überspringe die üblichen Details, einschließlich der Vielfalt meiner Ängste: Es war eine ganz unglaubliche Angelegenheit, mit einem stählernen Riesen wie diesem Lastkraftwagen durch die Stadt zu kurven, deren Straßen augenblicklich alle zu schmal geworden waren. Übrigens war es auch kein Fahrschulwagen, keine zweite Bremse, alles war echt, von Anfang an, ein Tanz auf dem Vulkan, immer am Rande des Versagens, was Unfall und Tod bedeuten konnte – so oder so ähnlich empfand ich es damals.

Ballon hieß der Fünftonner wegen der breiten Reifen, mit denen man auch in schwerem Gelände gut zurechtkommen konnte. Eine andere Eigenheit dieser Maschine bestand darin, dass man beim Schalten auch *zwischen* den Gängen Gas geben musste, was der Gießer »Zwischengas« nannte: »Beim Schalten durchquerst du den Leerlauf. Dort gibst du Gas, aber nur kurz, nicht zu viel, nicht zu wenig, klar?« Ich glaube, es ging darum, das Getriebe des W 50, das bestimmte (unzählige) Eigenheiten und einen insgesamt störrischen Charakter hatte, mit einer gewissen Drehzahl milde zu stimmen und das von Gang zu Gang. Am wichtigsten war es bei den unteren Gängen, vom dritten in den zweiten oder vom zweiten in den ersten Gang zum Beispiel, aber auch in umgekehrter Richtung war Zwischengas gefragt, ohne Zwischengas kam es zu Schwierigkeiten, das Schalten wurde Schwerstarbeit, der Schalthebel schien dafür zu kurz, das Getriebe blockierte, begleitet von einem bestialischen Geräusch.

Wie nicht anders zu erwarten, geschah das anfangs immer wieder, nicht ungewöhnlich für einen siebzehnjährigen Anfänger, der zugleich versuchen musste, auf die Straße, das Lenken, den Verkehr und irgendeine Vorfahrtsregelung zu achten, aber der Gießer, unser Lehrer, war anderer Meinung. Für jedes vergessene Zwischengas platzierte der Gießer einen kleinen raschen Schlag in den Nacken des Fahrers, ansatzlos und gut gezielt. Nicht mit der Hand, sondern mit einer Art Knüppel, den er immer neben sich hatte, griffbereit: ein Holz oder ein Werkzeug, das straff mit irgendeinem groben Stoff oder wächsernen Lappen umwickelt war. Wegen der breiten Konsole im W 50 (darunter lag der Motor) hätte sein Arm auch gar nicht bis zu mir hinüber gereicht, jedenfalls nicht bis in den Nacken, er brauchte den Knüppel – als Verlängerung. Auch wenn ich zu schnell fuhr, ein Schild übersehen oder an der nach Auffassung des Gießers absolut falschen Stelle gehalten hatte, kam der Knüppel zum Einsatz. Nicht immer, um auch das zu sagen: Es gab Tage ohne Knüppel und Wachsabrieb im Nacken, gute Tage, könnte man sagen, was vermutlich weniger mit uns zu tun hatte und unserer Fahrkunst als mit seiner eigenen Verfassung, denn der Gießer war auch launisch, nicht nur brutal. Und häufiger geschah es am Ende der Fahrt, wenn seine Geduld, falls Geduld hier das richtige Wort ist, endgültig verbraucht war: Ein knapper feiner Schlag, schon erwartet, aber dann doch wie ein Blitz und das Erschrecken. Am schlimmsten war es, wenn er gleichzeitig brüllte und der Choleriker in seiner ganzen Pracht zum Vorschein kam. Dann war der Gießer nicht mehr mürrisch, dann war er ein Tier und die Zeit mit ihm im Führerhaus eine Tortur, die mich bis in meine Träume verfolgte.

Gerd war es schließlich, der aufgab, auf halber Strecke im wahrsten Sinne des Wortes. Er stieg einfach aus, irgendwo zwischen zwei Thüringer Dörfern, er tappte hinaus, weg von der Straße ins offene Feld. Ich bewunderte ihn, einerseits. Andererseits schien es undenkbar. Mein Motorrad stand schon in der Garage, eine feuerwehrrote TS 250/1 mit Büffeltank und Seitenständer, ein Erbstück meines Vaters, eine pfeilschnelle Maschine, die nur für mich bestimmt war, mit der sich alle meine Träume verbanden und die ich niemals fahren würde, wenn ich jetzt nicht durchhielt – dachte ich. Der Knüppel des Gießers. Das Unrecht war auch damals klar und die Verletzung unmittelbar. Eine Art Terror. Aber das änderte nichts an jenem Grundgefühl, den Dingen, die geschahen, ausgeliefert zu sein, oder anders gesagt: nicht in der Position zu sein, die es erlaubt hätte, sich aufzulehnen, den Gießer zu beschuldigen, öffentlich, und ihn womöglich anzuklagen. Vollkommen undenkbar. So undenkbar, wie eine Aushebelung der Machtverhältnisse, auf die alles gebaut war. Es gab niemanden auf unserer Seite, so viel stand fest. Und die Fahrerlaubnis konnte erteilt werden – oder eben nicht. Wenn ich heute an diese Zeit denke, staune ich darüber, was alles ›normal‹ war. Dann kann ich kaum glauben, dass ich selbst dieser Siebzehnjährige gewesen sein soll im Fahrerhaus eines armeegrünen Lastkraftwagens.

»Ein Tier« ist keine gute Bezeichnung für einen Menschen, aber hier geht es auch nicht darum, den Gießer näher zu beschreiben. Der Gießer war kein Pädagoge, könnte man sagen. Und er war sicher erschöpft von der Arbeit als Gießer, vielleicht auch von seinem Leben, was ihn nicht davon abgehalten hatte, Fahrlehrer der GST zu werden und Fahrstunden zu geben und auch nicht davon, diese Stunden (und uns) für eine weitere Arbeit (Schufterei) zu missbrauchen. Denn was wir eigentlich taten während dieses Jahres endloser Fahrten durch Gera und weit über die Thüringer Dörfer des Umlands, waren Schwarztransporte, mit denen sich der Gießer ein Zubrot verdiente. Wir schleppten Schränke, Betten, Kisten und versetzten ganze Haushalte von einer Adresse zur anderen mit unserem Fahrschulwagen.

Und obwohl der Gießer, wie gesagt, nicht als Pädagoge gelten konnte und man mit einiger Berechtigung annehmen darf, dass ihm die Welt der Literatur und erst recht der literarischen Förderung zeitlebens fremd geblieben war, brachte mir dieser vollständig illegale Teil seiner Fahrschule eine erste Begegnung mit Autoren wie Kleist, Platen, Goethe oder den »Werken Homers« – eine kleine stockfleckige Ausgabe, Goldprägung auf braunem Einband, »Ilias« und »Odyssee« in der Übersetzung von Johann Heinrich Voss, die jetzt hier neben mir liegt, während ich diese Sätze schreibe und versuche, mich zu erinnern. Vorn im Innendeckel der Bücher ist der Name Neckmann eingetragen. Sehr gut möglich, dass ein schwarzer Umzug für Familie Neckmann oder für einen Erben der Neckmann'schen Bibliothek stattgefunden hatte, wie auch immer: Auf der Pritsche unseres W 50 war diese große hölzerne Obststiege voller Bücher zurückgeblieben, vielleicht bloß vergessen, dachte ich, vielleicht von anderen Schülern, mit denen der Gießer ebenfalls Umzüge fuhr. Oder wollte der Gießer das später einmal lesen? Oder waren die Bücher eine Art Bezahlung gewesen, eine Ware im Tausch für den Schwarztransport? Nein, sicher nicht, entschied ich. Und bin sicher, der Gießer hat Kleist und Platen nie vermisst. Zwei oder drei Bücher nahm ich pro Fahrstunde an mich, unter meiner Jacke. Zwei drei Bände pro Fahrt, das war mein Lohn. Eine Art Entschädigung, genauer gesagt: Für jeden Schlag in den Nacken ein Buch – vielleicht dachte ich das, aber ganz so durfte es ja gar nicht sein, denn dann wäre die Stiege viel zu schnell leer gewesen.

Ich muss zugeben, dass mich zuerst und vor allem das kostbare Aussehen der Bücher interessierte, die allesamt Ende des 19. Jahrhunderts oder rund um die Jahrhundertwende erschienen waren. Sehr schöne, alte Ausgaben waren das. Wenn die anderen fuhren, las ich hier und da etwas, aber nur ein paar Zeilen, denn ein richtiges Lesen war unmöglich auf der Pritsche des

W 50, auf der man hin und her geschleudert wurde während der Fahrt und genug damit zu tun hatte, sich auf seinem Platz zu halten.

Aber auch daheim in meinem Zimmer, allein im Kokon meines späten Einzelkind-Daseins (oder frühem Erwachsenen-Daseins), hielt sich mein Interesse an Kleist und Goethe in Grenzen. Kurz gesagt: Ich war nicht besonders interessiert. Das ist die kleine Seltsamkeit an der Geschichte: Ich liebte diese Bücher, ich katalogisierte sie sogar, las aber nicht. Sie hatten mich magisch angezogen und sogar zum Diebstahl verleitet, aber es war noch nicht die rechte Zeit. Ich war nur ein Sammler – für später.

Die Bücher meiner Fahrschulbibliothek: Es ist nur ein kleiner Katalog, handschriftlich auf kariertem Papier, vierzig, fünfzig Titel etwa, heute überall verstreut in den Regalen, Homer oder Schiller, auch »Der Prophet von der Zugspitze« zum Beispiel von Waldemar Haefner-Hainen, Woton-Verlag, Leipzig 1918 oder »Der Pilzsammler« von Gotthold Hahn, Kanitz Verlag, Gera 1890, zudem ein Gesangbuch, eine schöne alte Bibel und mehrere Titel des Tiroler Schriftstellers Rudolf Greinz.

Zweimal literarisch gefördert, könnte man sagen: Mit den Büchern meiner Eltern anlässlich eines Sturzes kopfüber vom Baum und mit der Fahrschulbibliothek des Gießers in seinem unfreiwilligen Mäzenatentum. Aber weder das Schreiben noch das Lesen haben wirklich begonnen in dieser Zeit, das geschah erst zwei Jahre später, als ich Soldat war im sogenannten Grundwehrdienst der Nationalen Volksarmee, in Merseburg. Zuvor waren, wie gesagt, andere Dinge wichtiger gewesen. Ich beschäftigte mich mit Mauerwerksbau, Baukonstruktionslehre und Statik und träumte von einem Studium der Architektur. Ich beschäftigte mich mit Motorrädern, frisierten Einzylinder-Motoren und den Details einer Halbverkleidung für meine rote TS 250/1. Literarisch war es ein Trippeln auf der Stelle, eine Art Vorbereitung und Vorgeschichte des Schreibens mit einigen grotesken und brutalen Momenten wie sie vielleicht zu jeder Kindheit und Jugend gehören.

Ilma Rakusa

Literaturförderung ist ein Segen und kann ganze Lebensläufe verändern

Vom Schreiben leben zu können, bleibt meist eine schöne Illusion. Das gelingt nur sehr wenigen, die andern brauchen einen Brotberuf. Dieser frisst Zeit und Energie. Dann sieht es so aus: Man ist müde vom Job, findet in Randstunden oder am Wochenende nicht gleich die Konzentration, um am liegen gebliebenen Text weiterzuarbeiten. Ungeduld stellt sich ein, Unzufriedenheit mit sich selbst, der Zweifel, ob das Projekt taugt und realisierbar ist. Lauter schlechte Prämissen, um es fortzusetzen. Im schlimmsten Fall wird man zerrieben zwischen dem Wunsch zu schreiben und den Hindernissen, die sich diesem entgegenstellen. Kapitulieren? Die Kreativität an den Nagel hängen? Einen Weg einschlagen, der sicheres Einkommen generiert und gegen Schaffenskrisen feit? Auch keine befriedigende Lösung, denn man verrät dabei seine Wünsche und Talente.

Literaturförderung bietet Abhilfe. Wenigstens temporär, damit ein Projekt in Ruhe und ohne finanziellen Druck verwirklicht werden kann. Welch ein Segen, am Stück arbeiten zu können, sich ohne lästige Unterbrechungen dem Flow des Schreibens zu überlassen. Möglicherweise an einem neuen Ort, der Gewohnheiten aus den Angeln hebt und die Wahrnehmung rundum schärft.

Vor vielen Jahren kam ich selbst in den Genuss eines sechsmonatigen Literaturstipendiums. Die Schweizer Kulturstiftung Landis & Gyr stellte Arbeitsateliers in Berlin zur Verfügung. Nach Péter Esterházy bezog ich ein schönes Atelier in der Auguststraße 83, mit Blick auf die Rückseite des Postfuhramts, die Synagogenkuppel und – am Horizont – den Fernsehturm. Sofort spürte ich die vitalisierende Wirkung der neuen Umgebung: Während ich die Straßen und Höfe von Berlin-Mitte durchstreifte, überkamen mich Erinnerungen an meine frühe Kindheit in Budapest und Ljubljana. Derselbe Braunkohlegeruch verband die Große Hamburger Straße mit Straßenzügen in Ljubljana, selbst manche Einschusslöcher ähnelten sich. Aus dem Erinnerungsschub entstanden Gedichte und Prosaminiaturen, katalysiert durch Berlin.

Ich will nicht behaupten, Literaturstipendien müssten immer an bestimmte Orte geknüpft sein, denn für manche Autoren geht ein Ortswechsel mit logistischen Problemen einher. In der Regel aber erweist sich der neue Ort als Chance und Bereicherung. Um nochmals die Kulturstiftung Landis

& Gyr zu erwähnen: Im schweizerischen Zug vergibt sie Stipendien an osteuropäische Kulturschaffende, was sich als Riesenerfolg erwiesen hat. László Krasznahorkai hat hier in klösterlicher Stille einen seiner schönsten Romane geschrieben, »Im Norden ein Berg, im Süden ein See, im Westen Wege, im Osten ein Fluss«, Viktória Radics an ihrer Nádas-Biografie gearbeitet und bei zahlreichen Museumsbesuchen das Werk von Alberto Giacometti entdeckt. Seither befasst sie sich regelmäßig mit Kunst, die Inspiration verdankt sie diesem nachhaltigen Stipendienaufenthalt. Alle waren sie hier: Dževad Karahasan und Zsófia Bán, Dragan Velikić und Georgi Gospodinov, der belarussische Dichter Ales Rasanau hat Haikus über den Zuger Alltag geschrieben, der Litauer Eugenijus Ališanka die Berge besungen. Sie reagierten auf ihre neue Umgebung mit Offenheit und Begeisterung und versicherten, diese hätte nicht nur ihr Schreiben, sondern ihr Lebensgefühl verändert.

Literaturstipendien können im wahrsten Sinne des Wortes ganze Biografien umkrempeln. Ich kenne nicht wenige DAAD-Stipendiaten, die nach ihrem Stipendienjahr beschlossen, in Berlin zu bleiben, so Bora Ćosić, Carmen-Francesca Banciu oder Friedrich Gorenstein. Sie alle kamen aus Ländern, wo sie sich bedroht und in ihrer schöpferischen Freiheit eingeschränkt fühlten. Wieder andere taten den Schritt später, etwa Vladimir Sorokin, Yang Lian oder Swetlana Alexijewitsch.

Zweifellos übt die Literaturhauptstadt Berlin einen besonderen Reiz aus. Nicht nur verfügt sie über eine stattliche Anzahl an Literaturinstitutionen, sondern auch über einen riesigen Pool an Kunstschaffenden, woraus Synergien resultieren. Austausch und Zusammenarbeit erscheinen da wichtiger als die Angst vor Konkurrenz.

Ich möchte nochmals auf eigene Erfahrungen zurückgreifen. 2017 wurde mir der von der Stiftung Preußische Seehandlung gestiftete Berliner Literaturpreis verliehen, der zugleich eine Berufung auf die Heiner-Müller-Gastprofessur für deutschsprachige Poetik am Peter-Szondi-Institut der FU Berlin enthält. Die Idee, sich als Preisträgerin aktiv in die Lehre einzubringen, überzeugte mich sofort. Gern wollte ich Literaturinteressierten mit Schreibambitionen etwas von dem weitergeben, was mich schon lange beschäftigte, ohne die Schwierigkeiten dieses Berufs herunterzuspielen. Es wurden intensive Blockseminare – mit Textanalysen, Schreibaufgaben, Debatten und Fragestunden. Das Ganze kulminierte in einer öffentlichen Lesung in einem Neuköllner Café, die viel Zuspruch fand.

Noch heute bin ich mit einigen der Teilnehmerinnen in Kontakt und ermutige sie, ihren künstlerischen Weg – trotz Dornen und Hindernissen – weiter zu verfolgen. Das Gespräch mit diesen jungen Menschen empfinde ich auch als persönliche Bereicherung. Ihre Fragen zwingen mich, eigene Positionen zu überdenken, ihre Sorgen veranlassen mich, mit Rat und Tat beizustehen.

Im Laufe vieler Jahre habe ich in diversen Jurys mitgewirkt, wo es um die Vergabe von Stipendien oder Preisen ging. Ausschlaggebend war der Gedanke, meine Expertise ost(mittel)europäischer Literaturen (und Sprachen) einzubringen. Obwohl diese längst nicht mehr einen blinden Fleck in unserer westlichen Wahrnehmung darstellen, ist das allgemeine Interesse an ihnen doch recht gering. Dabei fehlt es nicht an hervorragenden Autoren jeden Alters. Und für eine bosnische Lyrikerin bedeutet ein Stipendienaufenthalt in Deutschland oder der Schweiz nicht nur sorgenfreies Arbeiten, sondern eine echte Horizonterweiterung. So gestand mir Saida Mustajbegović, die Distanz zu Sarajevo und den politischen Problemen ihres kriegsgebeutelten Landes habe sie existenziell und im Schreiben ein ganzes Stück weitergebracht. Als Frucht dieser »Katharsis« liegt nun ihr eindrücklicher Gedichtband »Nicht ausgetragene Träume« vor.

Literaturförderung geht mit großer Verantwortung einher. Sie soll in die richtigen Hände gelangen, wo sie zum Geschenk und kreativen Stimulus wird. Nicht erst seit der Corona-Pandemie, rapide gestiegenen Energiepreisen und Lebenshaltungskosten haben es freischaffende Künstler schwer. Für alle, die die Gratwanderung zwischen Berufung und Beruf, Wagnis und Sicherheit gewählt haben, bedeutet finanzielle Unterstützung zugleich einen moralischen Support. Solche Ermutigung ist entscheidend, denn Schaffenskrisen sowie Momente des Zweifels und der Einsamkeit sind vorprogrammiert.

Und vergessen wir jene Autoren nicht, die ihrer Heimat den Rücken kehren, um in Freiheit leben zu können. Sie kommen aus der Ukraine, Belarus und Russland, aus dcr Türkci, Syrien, Iran und Afghanistan. Es ist nur eine Frage der Zeit, bis viele von ihnen ihre Geschichten auf Deutsch schreiben werden. Sie seien uns herzlich willkommen.

Literaturförderung: Ja, unbedingt! Mit einem großen Dankeschön im Namen aller, die ihre Früchte genießen durften, sowie im Namen jener, die auf ihren Segen warten.

Sonja Vandenrath

Großes Theater oder serielles Ereignis?

Lesungen und Co. als Bühne des Literaturbetriebs

Selig die Zeiten, als junge Dichter:innen den Berliner Osten auf der Suche nach leerstehenden Räumen für die Literatur erkundeten und in stillgelegten Fabriken, umgewidmeten Friseursalons oder verrauchten Kellerbars fündig wurden. Als ›kreative Zwischennutzung‹ entstand Anfang der 2000er Jahre eine literarische Off-Szene, die den eruptiven literarischen Veranstaltungsmarkt dieser Jahre, Stichwort Lesungsboom, um eine subkulturelle Variante erweiterte. Sie nutzte den damaligen Leerstand für offene Lesebühnen genauso wie für ambitionierte Lyrikperformances, mal mehr Probenraum, mal mehr Labor, und stellte damit unter Beweis, dass Literatur eine ortlose Kunst ist, die sich im Prinzip überall entfaltet. Kuratiert und performt wurde in wechselnden Kollektiven, hierarchiefrei und unter prekären Arbeitsbedingungen. Eine bisweilen auch dissonante Mischung aus Event und Experiment endete in ausufernden Nächten vor leeren Reihen und an drangvollen Tresen. Der Büchertisch blieb nicht selten unbeachtet und wurde im Anschluss wieder eingepackt. »Zeitverlust, Verschwendung, Heilserwartung, Mangelwirtschaft«[1] grundierten diesen ›renouveau‹ des literarischen Lebens, so Monika Rinck, damals selbst Teil dieser Bewegung.

Dieser Lesungs-Szene[2] verdankt der Literaturbetrieb bis heute die Umkodierung von semisakralen Dichterlesungen in Lesebühnen mit Kultqualitäten, die – wie man heute sagen würde – ein niedrigschwelliges Angebot machten, den Text als Performance einem zumeist jüngeren Publikum zu präsentieren, das im Anschluss noch zum Feiern blieb. Dies alles gegen einen geringen Obolus und/oder mit den Erträgen aus Bierverkäufen.

Grenzgängerisch bis heute sehen sich sowohl Lyrikperformances als auch Lesebühnen einem literaturbetrieblichen Beharrungsvermögen gegenüber, das die klassische Buchvorstellung mit Moderation und Wasserglas privilegiert. Ob in Literaturhäusern,[3] Buchhandlungen, Stadtbüchereien, auf Festivals oder gar im Freien, die auf der Bühne sitzenden Autor:innen stellen in einem weitgehend identischen Setting ein bereits publiziertes (somit unter Mühen verfasstes, lektoriertes, gedrucktes und vertriebenes) Werk der Öffentlichkeit vor. Ein solcher Lesungsakt reoralisiert einen schriftlich fixierten Text und dies in »körperliche[r] Ko-Präsenz«,[4] wie es in der Kultursoziologie heißt, also in Anwesenheit eines auch noch so bescheidenen Publikums, und mit einer wie auch immer gearteten Form von Bühne, mag sie so rudimentär sein wie ein Klapptisch im Park. Die bei Autor:innenlesungen praktizierte Art, Werke der Sprachkunst zu vermitteln, findet anders als in Forschung und Lehre oder dem Rezensionswesen nicht auf der Grundlage eines Textes statt, sondern gleichsam einen Produktionsprozess rekapitulierend, durch die Anwesenheit der Produzent:innen. Sie oder er fungiert dabei als Botschafter:in und Interpret:in des eigenen Schreibens, das eigentlich in der Vergangenheit liegt: »Ich trete nicht schreibend vor das Publikum. Sondern erst danach«, so Juli Zeh in einem Interview.[5] Die situative Aufhebung der produktionsästhetischen Sukzession führt zu einer kuriosen Erfahrung, wie der viel gereiste Schriftsteller Klaus Modick konstatiert: »Der Autor nimmt sein Werk, das für ihn abgeschlossen ist, und stellt sich daneben – gibt seine Person mit in Kauf. Die Lesung inszeniert also eine Rückkopplung des Werks auf seinen Urheber.«[6] Was er als eine ›Inszenierung‹ bezeichnet, kann bei einer Premierenlesung zu einer authentischen Fremdheitserfahrung führen: »Die erste Veranstaltung mit einem neuen Buch ist eigenartig. Die Aufregung macht mit einem, was sie will. Aber vor allem: Man versteht das Buch noch gar nicht richtig. Was hat man da eigentlich geschrieben? Bei mir dauert es immer ein paar Wochen, bis ich über ein neues Buch gut sprechen kann (ohne Angst zu haben, die Figuren würden mich gleich beißen)«, so Franziska Gerstenberg in einem Post auf Facebook im März 2023.

Ob auf der LitCologne, im Münchner Literaturhaus oder in einer Bar in Berlin-Neukölln: Unmittelbar mit dem Betreten der Bühne beginnt die Verwandlung der Autorin in eine Figur, von der Max Frisch in »Montauk« statuiert: »Ich spiele meine Rolle.« Sie tut dies zumeist gemeinsam mit einem Moderator, einer Moderatorin, die wesentlich den Ablauf einer Veranstaltung steuern und in der Hoffnung auf kluge Sentenzen und erheischte Blicke ins dichterische Nähkästchen auch immer das Publikum adressieren. Und somit, wie Jörg Döring es in einer feinsegmentierten Analyse einer Lyriklesung genannt hat, eine Rahmungskommunikation setzt: »Eine Moderation stellt den Autor oder die Autorin anfangs vor, führt evtl. während oder nach der Lesung auch noch ein Gespräch über das Werk, vielleicht gibt es am Ende ein Publikumsgespräch […]. Die Rahmungskommunikation zerdehnt künstlich die Zeit zwischen zwei Werkvorträgen (vergleichbar der Zeit, die beim Gang von Bild zu Bild in Kunstausstellungen vergeht) und nimmt so Rücksicht auf die ästhetische Verarbeitungskapazität der Zuhörenden. Auf jeden Fall stellen sie auch auktoriale Kurzkommentare zum Werkvortrag dar […]. Für die inszenierte Präsenz des Werkes in der Lesung, verkörpert durch die Autorstimme, erscheinen diese auktorialen Kurzkommentare gleichsam als Begleitschutz und Schmiermittel.«[7] Selbst dann noch, wenn die Selbstexegese mit der Länge der Lesereise zur Routine wird, was sie unweigerlich mit der steigenden Anzahl an Veranstaltungen tut, bilden Autor:innenlesungen eine Quelle für literaturwissenschaftliche Forschung.[8] Und dies entgegen allen Event-Invektiven aus der Frühzeit der Lesungsbooms der 2000er Jahre, die – wie etwa Ursula März in der »Frankfurter Rundschau«[9] – der ›Explosion‹ des »literarischen Veranstaltungsmarktes [...] eine antiliterarische Tendenz« unterstellten.

Den Rezipient:innen verspricht der Besuch einer Lesung nicht nur ›Sinneffekte‹, sondern ebenso eine »von der Lese-Anstrengung entlastende, re-auratisierende Praxis«,[10] bei der für kurze Zeit zusammenkommt, was auf dem anonymen Buchmarkt auseinanderfällt, nämlich Autor:in, Werk und Leser:in,[11] so Stephan Porombka. Die Nähe zum Dichter, zur Dichterin und die Resonanz auf das, was sie auf der Bühne bieten, erzeugen einen unmittelbaren Eindruck, über den nicht nur ästhetisch räsoniert wird, sondern der in einen konkreten Kaufreflex münden soll. Mit den Lesungen ist somit ein Buchmarkt zweiter Ordnung entstanden, den man mit Georg Franck als »Markt des Ansehens«[12] bezeichnen kann. Faktisch, so die langjährige Leiterin des Literarischen Zentrums Göttingen, Anja Johannsen, in einem praxeologischen Beitrag zur Autor:innenlesung, stellt »die Veranstaltung neben dem Produkt Buch [...] ein eigenes, zusätzliches Produkt dar«, denn die »zunehmend konsumistische Erlebnisgesellschaft will beschäftigt sein«.[13]

Die dem Buch eingeschriebene Doppelcodierung als Kulturgut sowie als Ware manifestiert sich mithin auch in der Lesung, die sowohl eine soziale Kulturpraxis darstellt, als auch veranstaltet wird, um Bücher zu promoten. Und dies auf einem Buchmarkt, in dem ökonomische und symbolische Logik härter denn je gegeneinander abgewogen werden. Die über Jahrzehnte praktizierte Querfinanzierung – einige wenige Bestseller finanzieren Bücher von hoher künstlerischer Validität – ist obsolet. Titel, denen keine Nachfrage zugetraut wird, werden von den großen Publikumsverlagen nicht mehr verlegt und erscheinen in Nischenverlagen, wo sie unterzugehen drohen. Das erfordert mehr denn je kulturpolitische Steuerungsmaßnahmen. Auch wenn der Warencharakter von Literatur selbst in der »charismatischen Ökonomie«,[14] wie Pierre Bourdieu die Sphäre der »anti-ökonomischen Ökonomie der reinen Kunst«[15] nennt, nicht geleugnet wird, basiert öffentliches Handeln zugunsten dieser auf einer klaren Differenz zwischen Wirtschafts- und Kulturförderung. Doch auch hier verflüssigen sich die Verhältnisse und weicht die strikte Grenze zwischen Subventionen, als staatliche Beiträge zur Unterstützung von Unternehmen, und der genuinen Kulturförderung auf. Dies zeigt etwa das Beispiel des Deutschen Buchhandelspreises. Ihn vergibt die Beauftragte der Bundesregierung für Kultur und Medien an unabhängige, eigentümergeführte Buchhandlungen. Der seit 2019 ebenfalls von der BKM verliehene Deutsche Verlagspreis ist vergleichbar in der Ausrichtung.[16]

Auf einem Buchmarkt, der von 2007 bis 2021 rund sechs Millionen Buchkäufer:innen verloren hat,[17] und auf dem im Besonderen der stationäre Buchhandel von einem Umsatzrückgang von 12,3 Prozent von 2019 bis 2021 betroffen ist,[18] muss von mehr als nur einem »schleichenden Rückgang des Bücherlesens«[19] gesprochen werden. Für die Belletristik besonders dramatisch ist die Kaufkonzentration auf die Top-Ten-Titel, die fast 40 Prozent des Absatzes ausmachen.[20] Mag der Augenschein auch trügen, bei Hugendubel in der Frankfurter City muss man lange suchen, um zwischen den Aufstellern der Kategorie »Romance«, »Historische Romane« und »Deutsche Autoren« (im Wesentlichen Ferdinand von Schirach) den Tisch mit den Neuerscheinungen der deutschsprachigen Gegenwartsliteratur aus diesem Frühjahr zu finden. Platziert zwischen zwei Rolltreppen, schlecht ausgeleuchtet und als Stapelware liegen dort die Bücher, um die in einer Saison ein ganzer Veranstaltungsbetrieb kreist – von der Lyrik ganz zu schweigen. Die Krise aber betrifft den gesamten Buchmarkt. Die dramatisch gestiegenen Produktionskosten (Druck und Papier) haben selbst bei den Konzernverlagen umfangreiche Gegenmaßnahmen eingeläutet, zu denen weniger Titel, stark beschleunigte Umschlagzeiten und ein aggressiver Wettbewerb um Erfolgsautor:innen zählen. All dies sind Symptome einer Abwärtsspirale, die jetzt schon für kleinere, unabhängige Verlage und eigentümergeführte Buchhandlungen zu einer Existenzkrise wird.[21]

Die knappe Ressource Aufmerksamkeit (Georg Franck) steigert die Bedeutung von öffentlichen Veranstaltungen rund um das Buch. Umso wichtiger werden Orte und Räume, an denen Literatur vorgestellt und inszeniert wird. Sie erzeugen mit ihrer je eigenen, wesentlich durch Licht gesteuerten Atmosphäre graduelle ›Wohlfühlqualitäten‹. Und Räume transportieren ein Image, das entsprechend divergente Publika anlockt. Wenn etwa Fatma Aydemir aus ihrem viel beachteten Roman »Dschinns« im Frankfurter Literaturhaus liest, dann vor anderen Menschen als sechs Monate später in der Milchsackfabrik, einem angestammten Ort der freien Szene, wo ein jüngeres und diverseres Publikum zugegen war, und zwar in großer Zahl. Die Möglichkeit einer freien Raumwahl stellt für Lesungsorganisatoren insofern »kein Manko«[22] dar, als der Veranstaltungsort konzeptionell eingebunden, oder andersherum, eine zum jeweiligen Buch und Format passende Location (neudeutsch) gesucht werden kann: »Die Grenzen, die Räume aufweisen, werden damit zumindest in der Theorie leichter überschreitbar, die Literaturveranstaltungen also niedrigschwelliger«,[23] so analysiert Hartmut H. Hombrecher, und, so lässt sich ergänzen, damit auch inklusiver. Und auch die Literaturhäuser, wie »zwischen/miete« zeigt, eine Reihe mit jungen Autor:innen, die in privaten Räumen lesen, nutzen dieses Wissen um die Signifikanz der jeweiligen Örtlichkeit.

Der Drang der Literatur zur Bühne ist manifest. Das, was hier präsentiert wird, rückt immer mehr ins Zentrum der Aufmerksamkeit. Während Rezensionen im Feuilleton an Bedeutung verlieren, sind es die öffentlichen Auftritte, die Bücher sichtbar machen. Welches Programm Festivals, Literaturhäuser oder Lesebühnen einem Publikum anbieten, obliegt der Kuration. Mit literarischem Urteilsvermögen und einer gehörigen Portion Instinkt destilliert die Kurator:in die wichtigen, möglichst relevanten und akzentsetzenden Titel einer Saison, für die (als Übung fürs Fingerspitzengefühl) eine passende Moderation gefunden werden muss. Kuratieren aber bedeutet nicht minder, diskursive Konstellationen rund um die Literatur zu schaffen, die rezente Themen der Zeit reflektieren, und dafür Konzepte sowie passgenaue Formate zu entwickeln. Ob Care-Arbeit, Klima und Nachhaltigkeit,[24] die Erosion der Demokratie oder Identitätsfragen: Es dominieren gesellschaftspolitische Diskurse, die heute in Literaturhäusern oder auf Festivals verhandelt werden. Zwischen dem Ideal vom Prozessieren eines Programms als etwas Seismografischem, das auf subkutane Bewegungen reagiert, die in der Literatur virulent werden, und dem Variieren von Zeitgeistthemen, liegt in etwa – und in Anlehnung an Moritz Baßler – der kuratorische Midcult. Und vor weiterer Erhöhung des Kuratierens zu einer künstlerischen Tätigkeit sei daran erinnert, dass im Übrigen auch Buchhändler:innen nichts anderes machen als auswählen, wenn sie etwa ein Schaufenster mit neuen Gedichtbänden dekorieren.

Am Ende aber entscheidet das Budget über die Programmarbeit und hier gibt es markante Differenzen. Die Arbeit der Literaturhäuser wird durch eine institutionelle Förderung seitens ihrer jeweiligen Sitzkommune ermöglicht,[25] was ihren Betrieb, die Stellen und einen Teil der Veranstaltungen sichert. Dabei entstanden diese Nachzügler des deutschen Kulturbetriebs bereits zu Zeiten, als Neugründungen politisch nur mehr als Public-Private-Partnerships und damit unter der Bedingung eines hohen Anteils an Eigeneinnahmen durch Eintrittsgelder und Vermietungen sowie Drittmitteln durchzusetzen waren.[26] Das zwingt auch sie dazu, zwischen kuratorischem Eigensinn, ökonomischen Notwendigkeiten und den Ansprüchen der Stakeholder wie Verlagen und Förderinstitutionen immer wieder auszutarieren.[27] Die Grundlage ihrer Tätigkeit aber ist durch die in den städtischen Haushalten verankerte institutionelle Förderung dauerhaft gesichert. Dies stellt sich bei der freien Szene ganz anders dar. Sie muss für jedes Projekt die dazu nötigen Gelder einwerben, in der Regel bei den kommunalen Kulturämtern. Ein »Zweiklassensystem von institutionell geförderten Einrichtungen auf der einen Seite und projektbezogen geförderten Akteuren auf der anderen Seite«,[28] moniert etwa Norbert Sievers, langjähriger Geschäftsführer der Kulturpolitischen Gesellschaft. Projektförderung aber heißt nicht minder, neue Vorhaben in Dauerschleife zu beantragen, was einen Originalitätszwang erzeugt, und dies in volatilen Strukturen und unter prekären Arbeitsbedingungen, die aus den nur basal abgedeckten Organisationskosten resultieren; Ehrenämter mithin. Verständlich, dass die Unabhängigen Lesereihen zumindest »mehrjährige Förderungen« einklagen,[29] die – so ließe sich ergänzen – auch ohne Auflagen erfolgen sollten.

Aus den knappen Budgets werden vor allem Lesungshonorare finanziert, die mittlerweile wichtigste Einnahmequelle für freiberufliche Schriftsteller:innen. Hier ist ein Versorgungssystem entstanden, das die Verlage in einem gewissen Sinne entlastet (eine lukrative Lesereise wird bei Vertragsunterzeichnung in Aussicht gestellt) und die öffentlich finanzierte Literaturförderung in die Pflicht nimmt. Damit wird evident, dass das Veranstalten von Lesungen nicht mehr nur Teil der Literaturvermittlung ist, sondern zur Literaturförderung selbst gezählt werden muss. Anders gesagt: Wer Lesungen veranstaltet, fördert Autor:innen und die Literatur. Die Frage, ob die üblicherweise gezahlten Honorare, die die Vorbereitung auf die Veranstaltung ebenso umfassen wie die Anreise und die Abreise, was Lebens- und Arbeitszeit kostet, angemessen sind, bleibt notorisch. Feste Sätze, etwa 500 Euro pro Lesung, wie sie der Deutsche Literaturfonds im Rahmen des Förderprogramms Neustart Kultur vorgegeben hat, bieten eine Grundlage, aber ohne Differenzierung nach Veranstaltertypus und individuellem Aufwand wird es wohl nicht gehen. Die Frage nach der Angemessenheit von Honorarsätzen auf dem literarischen Veranstaltungsmarkt betrifft ebenso die Moderation, deren Arbeitsaufwand gut und gerne mit mehreren Tagen beziffert werden kann.

Ausgebremst fühlten sich die Autor:innen durch Corona, mehr noch in ihrer Existenz bedroht, insbesondere als sich die Pandemie über Monate und Jahre zog. Um den Kontakt zu ihrem Publikum nicht zu verlieren und gleichzeitig die Autor:innen zu unterstützen haben professionelle Veranstalter:innen auf digitale Lesungen gesetzt.[30] Den Blick in den Zuschauerraum ersetzten zwei, besser noch vier Kameras, die eine rudimentäre Regie mit dem Wechsel zwischen Totale, Halbnaher und Naher erlaubte. Dank der Gelder aus dem Neustart-Programm wurden Technik (Sony, Apple und Co. danken) angeschafft und die im Internet zirkulierende und gespeicherte Lesung mutierte zum Substitut. Als Quelle für die empirische Lesungsforschung dann aufschlussreich, wenn die audiovisuelle Qualität stimmt,[31] endete ein breiteres Publikumsinteresse an ihnen ziemlich abrupt mit der Wiedereröffnung der Veranstaltungshäuser. Das Live-Erlebnis erwies sich als Antidot zur Ubiquität digitaler Angebote. Ein einsam vor dem Bildschirm geschlürftes Glas Wein versagt genau das, was eine Literaturveranstaltung vor Publikum zu einem kommunikativen Ereignis macht: sein Drumherum, das aus dem Zusammenkommen, dem Austausch und der Geselligkeit von Gleichgesinnten besteht. Und geht im Saal das Licht wieder an, folgt die Stunde der größten Nähe zur Dichter:in: die Signierstunde. Nach der Anspannung der Veranstaltung kommt die Entspannung, der Austausch mit dem Publikum bei Wein und Käsestangen, eine Art temporäres Gemeinschaftserlebnis stiftend, oder die Mitwirkenden separierend beim Essen zu späterer Stunde, sofern die Küche des Italieners um die Ecke noch geöffnet hat. »Das Event will erlebt werden und zwar am eigenen Körper«,[32] so die Kultursoziologie. Dass die Digitalität mit der ihr inhärenten Ort- und (sofern es kein reiner Livestream ist) Zeitlosigkeit die Möglichkeit der Wahrnehmung ohne Präsenz bietet, ist dann eine interessante Offerte (und Form der Inklusion), wenn es um singuläre diskursive Konstellationen geht.

Geradezu antagonistisch zum einsamen Konsum von digitalen Lesungen erscheint das Literaturfestival mit seinem Versprechen auf Live-Begegnungen und »fokussierte Interaktionen«.[33] Gilt es den einen als Sündenfall des kulturbetrieblichen Konsumismus, schwören weniger kulturpessimistisch gestimmte Gemüter auf seinen niedrigschwelligen Zugang zum Buch für ein breites, möglichst diverses Publikum. »Zwischen Gottesdienst und Rummelplatz« verortet Thomas Wegmann in der Frühphase seiner Blüte dieses »Anästhetikum gegenüber einer boomenden Literatur, an der Besucher in kleinen Dosen partizipieren können, ohne selbst sämtliche saisonalen Höhepunkte lesen zu müssen, von denen die meisten in der nächsten Saison doch wieder vergessen sind«.[34] Das Vergnügen, so beschreibt der Kultursoziologe und Erkunder der Erlebnisgesellschaft, Gerhard Schulze, die hier dominante Publikumswirkung, »liegt im Bescheidwissen als solchem, gekoppelt mit einer botanisierenden Rezeptionshaltung«.[35]

Zwar fanden die ersten literarischen Festivals bereits in den späten 1970er Jahren statt, doch der große Boom datiert aus den frühen 2000er Jahren als mit der eigenwirtschaftlichen LitCologne[36] und dem öffentlich finanzierten Internationalen Literaturfestival Berlin (beide 2001) zwei Flaggschiffe bis heute entstanden. Beliebt sind auch partizipativ ausgerichtete Lesefeste wie »Eine Stadt liest ein Buch«, die es nach dem amerikanischen Vorbild »One city one book« mittlerweile in vielen deutschen Städten gibt. Parallel zur Leipziger Buchmesse und bis heute ein Publikumsmagnet nach Messeschluss wurde 1991 das Lesefest »Leipzig liest« gegründet, das 2009 mit dem zur Frankfurter Buchmesse vom Kulturamt der Stadt Frankfurt organisierten OPEN BOOKS ein Pendant bekam. Mit ihnen, so Julika Griem, können einzelne Lesungen »in einem größeren Rahmen so skaliert und kombiniert« werden,[37] dass sich eine andere ›kollektive Leseszene‹ als etwa in Literaturhäusern mit ihren linearen Einzelveranstaltungen ergibt: Festivals sind Aufmerksamkeitstrigger, die durch den Besuch verschiedener Veranstaltungen an wenigen Tagen einen komprimierten Erkenntnis- und Erlebnisgewinn eröffnen. In dem großen Publikumszuspruch manifestiert sich eine Parallelentwicklung von abnehmender Lektürebereitschaft bei ungebrochener Neugier an zeitgenössischer Literatur und ihren Produzent:innen.

Ein nur scheinbarer Widerspruch, den thematisch ausgerichtete Festivals als Momentum nutzen, um den Fokus auf ein zeitdiagnostisches Thema oder eine literarische Gattung zu richten. Die kuratorische Arbeit selbst folgt der Form eines postmodernen Romans und privilegiert Intertextualität und Nichtlinearität, um ein möglichst dichtes Verweisungsnetz zu spinnen. In diese Kategorie fallen etwa die Poetica der Universität Köln mit einem Schwerpunkt auf internationaler Lyrik, das Poesiefestival Berlin oder die von der Stadt Frankfurt veranstalteten Festivals literaTurm und die Lyriktage Frankfurt. Sie alle nutzen die Methoden des Eventmanagements – Episodenhaftigkeit, Einzigartigkeit, Gemeinschaftlichkeit und Beteiligung[38] – um den diskursiven oder poetologischen Inhalt im großen Rahmen eines Festivals auszustellen und darin leuchten zu lassen. Die hier erzeugte Reibung aus Spektakel und Ambition wirkt nicht disruptiv, sondern verstärkt sich wechselseitig. Die kaleidoskopischen Konstellationen eines Konzeptfestivals bilden allerdings keinen Selbstzweck, sondern sie legen Spuren in eine erhoffte Relektüre, der unverbrüchlichen Legitimation und dem nie aufgegebenen Sinn aller Literaturveranstaltungen, zumindest, solange es sie noch gibt, die schönen Bücher. Dass Festivals in die elegische Hymne des rheinischen Karnevals »Am Aschermittwoch ist alles vorbei« einstimmen können, lässt bis zur nächsten Auflage noch 360 Tage Zeit für das stille, zurückgezogene Lesen, wenn, ja wenn nicht morgen dieser spannende Abend im Literaturhaus wäre.

1 Monika Rinck: »Oft geht es eine Treppe hinab, seltener auch eine Treppe herauf«. In: Thomas Böhm (Hg.): »Auf kurze Distanz. Die Autorenlesung: O-Töne, Geschichten, Ideen«. O.O. 2003, S. 78–92, S. 78. — **2** Vgl. Irina Hron / Jadwiga Kita-Huber / Sanna Schulte (Hg.): »Leseszenen. Poetologie – Geschichte – Medien«. Heidelberg 2020, S. 101–132. Der Rekurs auf Rüdiger Campas Begriff der ›Schreibszene‹ ist evident. — **3** Institutionen, die sich ausschließlich der Förderung und Vermittlung von Literatur widmen, gab es – wie etwa das Literarische Colloquium Berlin oder die Romanfabrik in Frankfurt – lange vor der Gründungsserie an Literaturhäusern. Ihr Markenname hat sich durchgesetzt und steht hier *pars pro toto* für literarische Einrichtungen, die regelmäßig Lesungen veranstalten. Dazu gehören auch das Lyrik Kabinett in München und das Haus für Poesie in Berlin, wenn auch mit einem Schwerpunkt auf die Dichtkunst. Vgl. zu den Literaturhäusern Carolin Löher: »Dachmarke Literatur. Die Literaturvermittlungsinstitution Literaturhaus in Deutschland und Skandinavien«. Göttingen 2018. — **4** Hubert Knoblauch: »Das strategische Ritual der kollektiven Einsamkeit. Zur Begrifflichkeit und Theorie des Events«. In: Winfried Gebhardt / Ronald Hitzler / Michaela Pfadenhauer (Hg.): »Events. Soziologie des Außergewöhnlichen«. Opladen 2000, S. 33–50, S. 35. — **5** »Reden über das Schreiben. Ein Werkstattgespräch über Literatur und Kritik, über Einsamkeit und das Internet zwischen den Kritikern Iris Radisch und Ijoma Mangold und den Autoren Juli Zeh, Thomas Hettche und Clemens Setz«. In: Die Zeit, 4.10.2012. — **6** Klaus Modick: »Die Lesereise«. In: Andreas Breitenbach (Hg.): »Der Kulturbetrieb«. Frankfurt 1996, S. 114–118, S. 114f. — **7** Jörg Döring: »Wie analysiert man die Lesung eines geschriebenen Gedichts? Monika Rinck liest ›Alles Sinnen und Trachten‹ (Apollo-Theater Siegen, 3. Dezember 2019)«. In: Literaturwissenschaftliche Linguistik (2021) 51, S. 147–170, S. 152f. — **8** Ebd. — **9** Ursula März: »Geräuschkulisse Buch. Über den Repräsentanzverlust der Literatur«. In: Frankfurter Rundschau, 27.9.2002. — **10** Stephan Porombka: »Der Autor schaut direkt in die Kamera (und damit dem Zuschauer in die Augen). Über alte und neue Formen der Literaturvermittlung«. In: Birgit Mandel (Hg.): »Kulturvermittlung. Zwischen kultureller Bildung und Kultmarketing. Eine Profession mit Zukunft«. Bielefeld 2005, S. 205–216, S. 210. — **11** Ebd. — **12** Georg Franck: »Ökonomie der Aufmerksamkeit. Ein Entwurf«. München, Wien 1998, S. 101. — **13** Anja Johannsen: »Stroh zu Gold oder Gold zu Stroh? Zur Ambivalenz öffentlicher Autorenlesungen«. In: Philipp Theison / Christine Wieder (Hg.): »Literaturbetrieb. Zur Poetik einer Produktionsgemeinschaft«. Paderborn 2013, S. 63–75, S. 67. — **14** Pierre Bourdieu: »Die Regeln der Kunst. Genese und Struktur des literarischen Feldes«. Übersetzt von Bernd Schwibs und Achim Russer. Frankfurt/M. 2001, S. 342. — **15** Ebd. S. 228. — **16** Wie heikel dieses Feld staatlichen Handelns immer noch ist, zeigt jüngst der Prozess um die renommierte Literaturzeitschrift »Sinn und Form«. Das Landgericht Berlin hat im März 2023 entschieden, dass die Akademie der Künste die Zeitschrift »Sinn und Form« zum jetzigen Zeitpunkt nicht mehr herausgeben dürfe, ansonsten drohe ihr ein Ordnungsgeld von bis zu 250 000 Euro. Damit hat das Landgericht Berlin der Klage des Herausgebers der Kulturzeitschrift »Lettre International«, Frank Berberich, erst einmal stattgegeben, wiewohl eine Lösung zugunsten von »Sinn und Form« zu erwarten steht. Vgl. dazu: https://verfassungsblog.de/literaturzeitschriften-im-limbo/ (Abruf am 29.3.2023). — **17** https://de.statista.com/statistik/daten/studie/36194/umfrage/anzahl-der-kaeufer-auf-dem-buchmarkt-seit-1996/ (abgerufen am 28.3.2023). — **18** https://www.boersenverein.de/markt-daten/marktforschung/wirtschaftszahlen/ (abgerufen am 28.3.2023). — **19** Studie »Buchkäufer – quo vadis?« (boersenverein.de) (abgerufen am 28.3.2023). — **20** https://www.boersenverein.de/markt-daten/marktforschung/wirtschaftszahlen/ (abgerufen am 28.3.2023). — **21** Dazu Carolin Amlinger: »Schreiben. Eine Soziologie literarischer Arbeit«. Berlin 2021, S. 326ff. — **22** Hartmut H. Hombrecher: »Minigolfplätze und WG-Küche. Unabhängige Lesereihen als ›Wieder-Orte‹«. In: Raphaela Bardutzky / Franziska Bergholtz / Mariann Bühler / Hartmut H. Hombrecher / Marisa Rohrbeck (Hg.): »Reihenweise. Veranstalten in der Freien Literaturszene«. Salzburg 2022, S. 104–113, S. 111. — **23** Ebd. — **24** Nachhaltigkeit als Selbstverpflichtung zeitigt Folgen für die Programmgestaltung insgesamt: So muss ein weitgehend klimaneutrales Festival etwa so flexibel sein, dass es überseeische Autor:innen entweder digital einspielt oder mit den Verlagen mehrere Lesestationen vereinbart und dies ohne Wenn und Aber. — **25** Der Appell des Netzwerkes der Deutschen Literaturhäuser nach höherer finanzieller Unterstützung (https://www.literaturhaus-muenchen.de/website/wp-content/uploads/2023/02/Appell_Netzwerk-der-Literaturhaeuser-2023.pdf, abgerufen am 3.4.2023) kam bei Buchhändler:innen, die gänzlich ohne öffentliche Unterstützung und neben ihrer eigentlichen Arbeit Lesungen organisieren, nicht gut an: https://www.boersenblatt.net/news/literaturszene/die-krokodilstraenen-der-literaturhaeuser-275835?ss360SearchTerm=Krokodilstr%C3%A4nen (abgerufen am 3.4.2023). — **26** Vgl. Sonja Vandenrath: »Zwischen Lit-Clubbing und Roundtable. Strategien von Literaturhäusern«. In: Schütz / Wegmann (Hg.): »Literatur.com. Tendenzen im Literaturmarketing«. Berlin 2002, S. 172–188. — **27** Vgl. Sonja Vandenrath: »Private Förderung zeitgenössischer Literatur. Eine Bestandsaufnahme«. Bielefeld 2006, S. 169–200. — **28** Norbert Sievers / Patrick S. Föhl: »Neue Kulturpolitik und neue Kulturförderung«. In: Institut für Kulturpolitik der Kulturpolitischen Gesellschaft e. V. (Hg.): »Jahrbuch für Kulturpolitik 2014«. Bd. 14, S. 17–35, hier S. 32. Die »Neue Kulturförderung« sei ein »im hohen Maße fragmentiertes Gebilde« heißt es dort, vgl. ebd. — **29** Vgl. Forderungen der Unabhängigen Lesereihen e. V. für eine bedarfsgerechte und nachhaltige Förderung. In: Bardutzky u. a. (Hg.): »Reihenweise« (wie Anm. 22), S. 172. — **30** Der Abruf einer »Frankfurter Premiere«, einer Eigenveranstaltung des städtischen Kulturamtes, mit Leif

Randt und Christian Metz hatte Stand März 2023 2517 Abrufe und ein Gespräch zwischen Karl-Heinz Ott und Jürgen Kaube über Hegel und Hölderlin 7203 Abrufe. Das sind Zahlen, die keine Präsenzlesung erreicht. — **31** Vgl. dazu Döring: »Wie analysiert man die Lesung eines geschriebenen Gedichts? (wie Anm. 7), S. 151. — **32** Knoblauch: »Das strategische Ritual der kollektiven Einsamkeit« (wie Anm. 4), S. 47. — **33** Ebd., S. 36. — **34** Thomas Wegmann: »Zwischen Gottesdienst und Rummelplatz. Das Literaturfestival als Teil der Eventkultur«. In: Schütz/Wegmann (Hg.): »Literatur.com« (wie Anm. 26), S. 121–136, S. 125. — **35** Gerhard Schulze: »Kulissen des Glücks. Streifzüge durch die Eventkultur«. 2. Aufl., Frankfurt/M., New York 1993, S. 97. — **36** Die lit.COLOGNE GmbH folgt der expansiven Logik von Kulturunternehmen und hat mit der lit.RUHR und der phil. COLOGNE Satelliten gegründet. — **37** Julika Griem: »Szenen des Lesens. Schauplätze einer gesellschaftlichen Selbstverständigung«. Bielefeld 2021, S. 72. — **38** Schulze: »Kulissen des Glücks« (Anm. 35), S. 308f.

Nina Bußmann / Tristan Marquardt

Reden wir übers Geld

Austausch über die freie Literaturszene, Armut unter Schreibenden und die Literaturförderung in Deutschland

Tristan Marquart: Muss Kunst nicht im freien Raum entstehen? Schaffen Förderungen nicht Abhängigkeiten, die die Kreativität zum Erliegen bringen? Solche Fragen begegnen uns als Autor:innen, die sich kulturpolitisch für eine zeitgemäße Literaturförderung engagieren, immer wieder. Ich glaube, ihnen liegt ein Missverständnis zugrunde. Eine sinnvolle Förderung künstlerischer Arbeit nimmt einem nicht die Freiräume dafür, sondern sie schafft sie überhaupt erst. Denn was wären die Alternativen? Ich könnte viel geerbt haben und mir deshalb leisten, mich völlig auf meine Kunst zu konzentrieren. Das ist nicht vielen gegeben und wir wünschen uns, denke ich, auch nicht nur Kunst von reichen Erben. Ich könnte mit meiner literarischen Arbeit Produkte schaffen, deren Verkauf mich voll finanziert. Aber auch dann bin ich zuallermeist alles andere als ›frei‹, sondern muss bedienen, was vermarktbar genug ist. Das würde die Vielfalt der Kunst gefährden, und ich habe schon von mehreren der nicht vielen Autor:innen, die in dieser Situation sind, hinter vorgehaltener Hand gehört, dass sie immer wieder darunter leiden, gerade nicht gänzlich frei zu sein in dem, was sie schreiben. Wenn ich weder in der einen noch in der anderen Situation bin, muss ich entweder, wie es bei mir selbst der Fall ist, zusätzlich einer anderen Arbeit nachgehen und habe weniger Zeit für meine Kunst. Oder ich bin mit Existenzsorgen konfrontiert und kann mich auch dann nicht unbekümmert der künstlerischen Arbeit widmen. Armut ist nichts, was die Kreativität fördert, im Gegenteil. Wenn ich um meinen Lebensunterhalt kämpfen muss, fehlt mir Zeit und Energie und ich kann mir vieles nicht leisten. Förderungen können dem entgegenwirken, sprich: Sie können die Kreativität fördern, indem sie den Freiraum schaffen, der Tätigkeit überhaupt nachgehen zu können. Und dieser Freiraum besteht dann am meisten, wenn die Förderung mit möglichst wenigen Auflagen verbunden ist.

Nina Bußmann: Die soziale Gefährdung von Kunstschaffenden wird gerne verschleiert hinter Boheme-Fantasien. Geld gilt als peinliche Angelegenheit, und wenn Romanautor:innen darauf verweisen, dass sie vom Verkauf ihrer Bücher nicht leben können, dann heißt es: Künstler sollen doch – wie zum Beispiel einst Franz Kafka – für die Kunst leben und nicht von ihr.

In Österreich werden aber Verlage subventioniert und können es sich leisten, Manuskripte nach literarischen Gesichtspunkten auszuwählen. Erhellend finde ich auch den Blick auf die Hörspielproduktion: Öffentlich-rechtliche Rundfunkanstalten sind staatliche Einrichtungen und natürlich alles andere als unabhängig. Trotzdem bieten sie Freiräume, gute Sendeplätze und gutes Honorar auch für experimentelle, sperrige Arbeiten. Sie können das nicht trotz, sondern wegen großzügiger Budgets, und sie können es besser als Verlage, die bei aller ästhetischen Ambition eben auch auf den Markt schauen müssen.

TM: Ein Missverständnis ist es deshalb auch, wenn romantisierende Vorstellungen von ›freier Kunst‹ auf den Begriff der ›freien Szene‹ übertragen werden. Der Begriff wurde, wenn ich das richtig überblicke, zunächst von den darstellenden Künsten geprägt, also im Bereich Theater, Tanz und Performance. Dort dient er zur Bezeichnung derjenigen, die nicht an Häusern angestellt sind, sowie der Orte, wo sie auftreten. Wenn es darum geht, dass die freie Szene Förderung bekommt, dann geht es darum anzuerkennen, dass neben den Institutionen Kunst entsteht, die wesentlich zum kulturellen Leben beiträgt und von der nicht selten neue Impulse ausgehen. Im Literaturbereich ist die Lage etwas anders, weil es im deutschsprachigen Raum, mit wenigen Ausnahmen (Professuren für kreatives Schreiben), nur selten Anstellungen gibt. Fast alle, die literarisch schreiben, sind ›Freie‹. Ich halte die Adaption des Begriffs, aber trotzdem für sinnvoll, und zwar vor allem für den Veranstaltungsbereich. Denn hier gibt es viele wichtige Orte neben den institutionell geförderten Häusern: Lesereihen, Lesebühnen, Poetry Slams etc.

NB: Trotzdem halte ich die Bezeichnung »frei« für problematisch. Du hast es gesagt: Autor:innen und in zunehmendem Maße auch Lektor:innen, Journalist:innen usw. sind für das Finanzamt »Angehörige der freien Berufe«. Das bezeichnet erst einmal nichts weiter als ein atypisches Beschäftigungsverhältnis, das allerdings auch in anderen Branchen zur Regel geworden ist: Du bekommst Zeitsouveränität und die Möglichkeit, dich selbst oder die Visionen deiner Gruppe zu verwirklichen, verzichtest dafür aber auf soziale Absicherung. Also: Man hat Vor- und Nachteile, aber der Freiheitsbegriff ist nicht so neutral. Er suggeriert eine Ungebundenheit, die es gerade bei den »Unabhängigen« nicht gibt.

Genährt wird mit dem Wort auch die Fantasie, dass man mit genug Talent und Hingabe im Verteilungskampf bestehen kann. Und zwar auf einem Markt, auf dem das angesichts von Überproduktion und opaker Qualitätskriterien gar nicht für alle möglich ist. Und auch nicht möglich sein soll. Denn der Betrieb lebt unter anderem auch von der Faszination spektakulärer Ungleichheit, wie sie zum Beispiel in der Vergabe hochdotierter Literaturpreise oder im gebannten Blick auf Bestsellerlisten inszeniert wird. Wenn viele sich im Mittelfeld tummeln, langweilt sich das Publikum. Was dabei nicht erzählt wird: Exzellenz ist nicht voraussetzungslos. Bestseller entstehen nicht aus Kaufentscheidungen einer Mehrheit. Sondern dahinter steht ein gut orchestrierter Marketingapparat, der dafür sorgt, dass diese Mehrheit erfährt, was der aktuelle Spitzentitel ist.

TM: Und um genau solchen Dynamiken des Marktes entgegenzuwirken, brauchen wir eine breitenwirksame Förderung. Die ›freie Szene‹ zu fördern, bedeutet für mich im Literaturbereich deshalb nicht zuletzt eine Förderung der von mir angesprochenen Orte und der an ihnen Beteiligten. Davon profitieren auch die Autor:innen, denn sie erreichen dadurch mehr und neues Publikum und zudem sind Veranstaltungen eine wesentliche Einnahmequelle für sie, wie mittlerweile auch Studien belegen, zum Beispiel die Studie vom »Netzwerk Lyrik« von 2017 (www.netzwerk-lyrik.org/diskurs). Teilgenommen haben 114 Dichter:innen und die Studie hat ergeben, dass Dreiviertel von ihnen mit ihrem Gesamteinkommen unter dem durchschnittlichen Bruttoeinkommen in Deutschland leben. Rund zwei Drittel der Dichter:innen haben zusätzlich eine andere Erwerbstätigkeit. Ich würde davon ausgehen, dass der Prozentsatz eigentlich noch größer ist. Von denjenigen, die keiner anderen Erwerbstätigkeit nachgehen, lebt ein großer Teil unter der Armutsgrenze. Wichtig war zudem die erwähnte Erkenntnis, dass Lyriker:innen den Großteil ihrer Einnahmen durch Veranstaltungen und dabei vor allem Lesungen generieren, nämlich circa 40 Prozent.

Die Presse hat die Studie mit Interesse zur Kenntnis genommen und an prominenter Stelle mit Befremden auf die Forderung nach mehr Förderung reagiert sowie Klischees vom armen Poeten bemüht (Ijoma Mangold in der »ZEIT«). Ich halte das in einem Land, in dem Museen, Theater, Opernhäuser etc. zu Recht größtenteils durch Steuergelder finanziert werden, für Hohn. Ich sehe keinen Wert darin, Existenzsorgen zu romantisieren. Und ich halte es für ein neoliberales Missverständnis, dass nur das einen Wert haben soll, was einen ökonomischen Gegenwert abwirft. Dass Kunst Förderung braucht, um entstehen zu können, war auch in vergangenen Jahrhunderten eher der Regelfall als die Ausnahme.

NB: Ebenfalls im »ZEIT-Magazin« erschien vor Kurzem eine Reportage über die Frage, ob man verrückt sein muss, dieser Tage noch einen Buchladen zu eröffnen. Die Antwort: Ja. Die kleinen inhabergeführten Läden mit Profil und Passion laufen besser als die großen Ketten, in denen manche in den Neunzigern das Abendland untergehen sahen. Einfach ist es trotzdem nicht. Es wurde beschrieben, wie Einzelne große Risiken eingehen, Kredite aufnehmen, und sich zusätzliche Einnahmequellen in ihren Ladenräumen einfallen lassen müssen, um ihre Bilanz zu retten.

In derselben Ausgabe des Magazins wurden schreibende Menschen befragt, was sie zum Schreiben anziehen. Darunter war viel Edles, unter anderem ein Flanellmorgenmantel, der mehr gekostet hatte als der Tagesumsatz eines der zuvor porträtierten Buchläden. Der Autor hat zwar die Skrupel beschrieben, die er beim Kauf hatte. Trotzdem produzieren solche schön fotografierten Bildstrecken falsche Vorstellungen. Die meisten Leute wissen nicht, wie schlecht viele Autorinnen und Autoren leben. Und im Feuilleton wird einerseits gefordert, sie auszuhungern, andererseits werden dort immer wieder die Geschichten derer erzählt, die reüssiert haben und sich Pferde kaufen können.

Die Gleichsetzung von finanzieller Unsicherheit und Freiheit finde ich falsch, gefährlich und bequem für alle, die uns für unsere Arbeit nicht bezahlen wollen. Und sie ist längst nicht mehr nur wirksam im Kunstbetrieb. Auch in ganz anderen Bereichen sollen Beschäftigte autonom und leidenschaftlich arbeiten und auf die »Abhängigkeit« einer Festanstellung sowie auf Rentenansprüche und eine planbare Existenz verzichten. Die geniale Unternehmerin auf der Suche nach Risiko und Authentizität ist zur Standardakteurin geworden.

Wir müssen die Vorstellungen untersuchen, die unter dem Begriff der freien Kunst liegen, wir müssen anschauen, was wir selbst dazu beitragen. Was an unbezahlter oder wenigstens prekärer Arbeit unter Konkurrenzdruck und absoluter Erfolgsungewissheit so attraktiv ist. Und was so unattraktiv daran ist, über Geld zu sprechen oder sich zu organisieren für bessere Arbeitsbedingungen und besseres Geld.

Einen Ansatz zur Politisierung unserer Arbeit verfolgt das »Netzwerk freie Literaturszene Berlin« (www.nflb.de). Gegründet wurde es 2013 als Interessenvertretung und Austauschplattform für alle, die sich der freien Literaturszene der Stadt verbunden fühlen. Andere Aufnahmekriterien gibt es nicht. Unsere Mitglieder kommen aus diversen Sparten, sie schreiben, kuratieren, verlegen und übersetzen. Es ist ein bunter Zusammenschluss, auch deshalb will ich zuerst eines sagen: Ich bin Mitglied und war von 2021–2023 auch Vorstandsmitglied, aber hier äußere ich mich als Einzelmensch und Betroffene. In den vergangenen Jahren wurde u. a. ein Forderungskatalog erarbeitet, der neben notwendigen Aufwüchsen in der Autor:innenförderung auch Stipendien für Übersetzungen, kleinteilige Basisförderungen für Veranstaltungsorte sowie Maßnahmen von Abbau von Barrieren und Diskriminierung im Förderwesen vorsieht. (https://www.nflb.de/nflb-legt-seine-forderungen-zur-literaturfoerderung-vor/) Auf Seiten der Senatsverwaltung herrscht ein aktives Interesse am Austausch mit uns und daran, die Förderungen dem Bedarf anzupassen. Gleichzeitig fragen wir uns, ob wir nicht vor allem einen grundlegenden Wandel der Produktionsweise und der Verbreitungsmöglichkeiten von Literatur brauchen. Im gemeinsamen Nachdenken darüber kommen wir zu teils unvereinbaren Schlüssen. Manchen ist »Literatur als soziale Praxis« das wichtigste Anliegen, andere setzen noch Hoffnung in das Medium Buch und wollen es schützen. Beschäftigt hat uns auch die These: »Wenn der Buchmarkt funktionieren würde, bräuchten wir gar keine Förderungen, denn dann könnten Autor:innen vom Erlös ihrer Bücher leben.« Ich glaube, dass die Marktzentrierung vor allem in der Buchproduktion Quell des Problems ist. Manche setzen sich für ein bedingungsloses Grundeinkommen ein. Wir müssen als Gesellschaft umdenken, für einen ökologischen und sozialen Wandel braucht es andere Wirtschaftsformen. Hier gibt es noch viel zu lernen: Wie funktionieren Ansätze wie *degrowth*, bedingungsloses Grundeinkommen, Kreislaufwirtschaft, lassen sie sich auf ästhetische Märkte übertragen?

Zurück ins Hier und Jetzt: In den ersten Pandemiephasen wurden viele niedrigschwellige Breitenförderungen ausgeschüttet, die viele erreichten, die sonst durch die Raster fallen. Es gab zwar diverse Probleme mit diesen schnell entworfenen Förderinstrumenten, aber insgesamt hat sich eines gezeigt: Es geht, wenn der politische Wille da ist. Es könnte in dieser Richtung weitergehen: weg von einer nach schwer nachvollziehbaren Kriterien vergebenen Spitzenförderung, hin zu einer Umverteilung in die Breite. Für Veranstaltungsinitiativen und selbstständige Autor:innen. Weg von der Projektbasierung, hin zu struktureller Förderung für Veranstaltungsorte. Wer sich nicht zwanghaft alle zwei Jahre ein innovatives Projekt ausdenken und in Antragsform bringen muss, hat mehr Zeit und Raum, tatsächlich etwas Interessantes wachsen zu lassen.

TM: Das betrifft auch den Bereich der freien Veranstaltungsreihen, in dem ich aktiv bin. Die meisten Leute, die eigenständig Lesereihen gründen, tun dies aus einem Mangel heraus: Sie wollen einen Ort schaffen für Literatur und Formate, die dort, wo sie leben, noch keinen Ort haben, und sie wollen vielleicht auch neue Leute für Literatur begeistern. Wenn man das während des Studiums macht und seinen Lebensunterhalt anderswoher beziehen kann, dann tut man das in einigen – letztlich privilegierten – Fällen anfangs mit wenig oder gänzlich ohne Förderung, aus Idealismus oder weil man es vielleicht zu umständlich findet, Anträge zu schreiben. Und man tut es dann relativ bald mit einem etwas schlechten Gewissen, weil man die Autor:innen durch das Eintrittsgeld oder den berühmten Hut nicht fair bezahlen kann. Sobald dann aber das Studentenleben aufhört, können es sich viele nicht mehr leisten, viel Zeit und Energie in eine nicht oder kaum bezahlte Arbeit zu stecken. Das hat zur Folge, dass viele Lesereihen wieder aufhören müssen.

Wenn wir uns aber anschauen, welchen Beitrag solche Lesereihen und Veranstaltungsformate für das kulturelle Leben an ihren Orten leisten, ist das eigentlich ein Skandal. Sie schaffen Auftrittsmöglichkeiten für neue literarische Stimmen, die nicht selten dadurch auch von Verlagen und Institutionen entdeckt werden. Sie präsentieren und vermitteln Literatur an neue Publikumskreise und schaffen neue Orte der Begegnung mit ihr. Und sie sind vielfach wichtige Treffpunkte der lokalen Literaturszenen. Dieses Potenzial sollte nicht davon abhängig sein, ob einzelne Leute es sich leisten können oder zu so viel Selbstausbeutung bereit sind, diese Arbeit auch ohne angemessene Bezahlung zu machen. Und es ist auch in keiner Weise ein nachhaltiges Konzept. Veranstaltungsreihen brauchen deshalb einerseits Förderung, um alle Beteiligten angemessen bezahlen zu können. Und andererseits brauchen sie Förderinstrumente, die besser auf sie zugeschnitten sind. Nina, du hast es bereits angedeutet: Die allermeisten Veranstaltungsformate beziehen ihre Gelder zurzeit über Einzelprojektfinanzierungen, obwohl sie auf Dauer angelegt sind. Auch das erschwert die Organisation und erhöht den Aufwand. Was es hier bräuchte, sind mehrjährige Fördermodelle wie eine Basis- oder Konzeptförderung, wie es sie im Bereich der darstellenden Künste schon verschiedentlich gibt.

Das Netzwerk der »Unabhängigen Lesereihen«, in dem sich zurzeit über 40 Lesereihen aus dem deutschsprachigen Raum zusammengeschlossen haben, wurde nicht zuletzt auch deshalb gegründet, um uns für diese Belange kulturpolitisch einzusetzen. Nachdem wir uns einige Jahre intern vernetzt und ausgetauscht und gemeinsame Veranstaltungen auf die Beine gestellt haben (z. B. das »Unabhängige-Lesereihen-Festival ULF« 2019 in Nürnberg), haben wir 2022 zwei Publikationen zum Thema vorgelegt, mit denen wir hoffen, das Gespräch darüber weiter anzustoßen: ein Positionspapier, in dem wir die aktuelle Situation freier Literaturveranstalter:innen darlegen, Probleme und Mängel benennen und Vorschläge und Forderungen formulieren, wie die Kulturpolitik und die öffentliche Literaturförderung sie besser unterstützen können (www.lesereihen.org/positionen), und das Buch »Reihenweise. Veranstalten in der freien Literaturszene« (edition mosaik), das sich in Essays, Interviews, Statistiken und künstlerischen Arbeiten mit dem Thema auseinandersetzt.

NB: Ein anderes Thema sind Aufenthaltsstipendien: Wer sie annimmt, verpflichtet sich in der Regel, einige Zeit an einem bestimmten Ort zu verbringen, oft sind diese Orte sehr abgeschieden, einige befinden sich in der Nähe von Atomkraftwerken oder potenziellen Endlagern, die Arbeitswohnung des Heinrich-Heine-Hauses in Lüneburg gegenüber von einem Gefängnis. Marion Poschmann hat darauf aufmerksam gemacht: Offenbar gibt es die Vorstellung, dass die Herstellung von Literatur ebenso wie die Verwahrung gefährlicher Stoffe oder als gefährlich eingestufter Menschen eben diese Abgeschiedenheit braucht. Darunter liegt auch die Annahme, dass ich mich in der Nähe von befreundeten Menschen und kulturellen Angeboten nicht auf meine Arbeit konzentrieren könnte. Was entmündigend ist. Und, das größte Problem: es schließt eine Menge Menschen aus.

TM: Es gibt relativ wenig Lebensmodelle, mit denen ortsgebundene Aufenthaltsstipendien unkompliziert zu vereinbaren sind. Wenn man, wie oben beschrieben, noch einer anderen Arbeit nachgeht, sind mehrmonatige Stipendien an anderen Orten, die darüber hinaus oft nicht besonders üppig ausgestattet sind, nur schwer zu realisieren. Das ist auch der Grund, warum ich mich selbst noch nie auf ein solches Stipendium beworben habe. Ähnlich ist es, wenn man in einer Familie lebt oder es andere Menschen vor Ort gibt, um die man sich regelmäßig kümmern muss. Ich finde deshalb auch Auflistungen, welche Stipendien man schon bekommen hat, nicht nur eine Aussage über die Qualität der schriftstellerischen Arbeit, sondern auch eine Aussage über eine Flexibilität im Lebensstil, die sich nicht alle leisten können oder wollen. Das heißt nicht, dass ich dafür bin, die Aufenthaltsstipendien abzuschaffen. Ich glaube aber, dass sie noch umfangreicher um ortsungebundene Stipendien ergänzt werden sollten.

NB: Ja, bei aller angebrachten Kritik: Residenzen soll es weiterhin geben. Dosiertes Alleinsein kann die Wahrnehmung schärfen und das Denken verändern, das ist zum Schreiben immer gut. Und dieses Förderwesen hat mich an eine Reihe von Orten gebracht, die ich von allein nie bereist hätte. Mindestens so dankbar wie für subventionierte Auslandsaufenthalte bin ich für alle Begegnungen mit der deutschen Provinz.

Ich stimme Dir zu, was die Ausweitung ortsungebundener Förderungen angeht. Auch die Künstler:innenresidenzen selbst könnten reformiert werden. Einige bemühen sich schon darum, indem sie die Möglichkeit bieten, Familien mitzubringen, oder längere Aufenthalte zu splitten, um nicht für Monate aus dem eigenen Leben auszuscheiden.

Problematischer finde ich die Kriterien, nach denen Förderungen vergeben werden. Was ist »literarische Qualität«? Wie unabhängig ist diese Begriffsbildung denn tatsächlich von dem, was am Markt, im Feuilleton passiert? Derzeit gibt es Bemühungen, Identität und Hintergrund der Bewerber:innen stärker zu berücksichtigen. Solche bestimmbaren Kriterien schaffen mehr Transparenz. Immer noch bleibt das Problem: Auch Förderinstitutionen und Menschen, die in Gremien sitzen (in der Regel schlecht oder gar nicht bezahlt), haben Interessen und nehmen teil am Verteilungskampf um Aufmerksamkeit. Es gilt, neue Stimmen zu entdecken oder aber bekannte Namen zu fördern, deren Reputation auf die Förderinstitution zurückstrahlt. Oft fallen Förderentscheidungen unter Zeitdruck. In der Folge heißt das »the winner takes it all«.

TM: Ich wünsche mir eine Literaturförderung, deren erklärtes Ziel es ist, Literatur in der Vielfalt ihrer Erscheinungsformen zu fördern. Viele Probleme der heutigen Literaturförderung – sowohl im Umfang als auch in der Ausgestaltung – scheinen mir letztlich daher zu rühren, dass die Förderinstrumente vielerorts noch auf einer anderen Annahme basieren: der Vorstellung, dass der Buchmarkt die primäre Einnahmequelle für Autor:innen ist, weil Verlage Wirtschaftsunternehmen sind, die Gewinn machen. Viele Preise und Stipendien sind deshalb so ausgestaltet, dass man in diesem Markt bessere Chancen hat und mehr Aufmerksamkeit bekommt. Bei den konkreten Geldern, die man erhält, handelt es sich primär um symbolische Anerkennung, nicht um Lebensunterhalt.

Ich halte diese Annahme aber aus mehreren Gründen für irreführend. In einem Buchmarkt, der wirtschaftlich unter Druck geraten ist, und in einer Zeit, in der das Lesen als Kulturgut gefährdet scheint, sind es mitnichten nur die Produkte und Verlage, die größeren Gewinn machen, die zur Bibliodiversität beitragen. Es sind wesentlich auch unabhängige und kleine Verlage, deren Motive nicht primär ökonomische sind. Diese brauchen selbst Förderung, um mittel- und langfristig bestehen zu können. Dass nun, nach großem Einsatz der unabhängigen Verleger:innen, in einigen Bundesländern und zeitweise auf Bundesebene Verlagspreise geschaffen wurden, war ein wichtiger und richtiger Schritt, zumindest mittelfristig. Langfristig wird es wie in der Schweiz und in Österreich auch in Deutschland eine strukturelle Verlagsförderung brauchen, um die Bibliodiversität zu bewahren (als sogenannte De-minimis-Beihilfe).

Die Annahme, dass der Buchmarkt die primäre Einnahmequelle von Autor:innen wäre, ist zudem auch dann nicht zutreffend, wenn man die Breite der Gattungen und Publikationsweisen berücksichtigt. Ich habe die Studie zur Einkommenssituation von Dichter:innen zitiert, und für unterschiedliche Formen von Literatur wie Spoken Word oder digitale Sprachkunst ist das Buch nicht die genuine Erscheinungsform. Gerade wenn die öffentliche Hand die Vielfalt der Literatur fördern will, braucht es deshalb einerseits mehr strukturelle Förderung und andererseits eine Förderung, deren Instrumente auf die Vielfalt der literarischen Formen zugeschnitten ist – und das heißt auch: die unterschiedlichen Präsentations- und Publikationsformen besser berücksichtigt.

NB: Und die den Prozess ebenso würdigt wie das vermeintlich fertige Produkt. Im Hochhalten von »widerständigen performativen Praktiken« und immer neuen Veranstaltungsformaten spricht für mich aber auch eine Innovationsideologie, ein kapitalistisch geprägter Zwang zum Spektakel. Literatur existiert nicht nur in Buchform, aber Bücher sind immer noch Literatur. Die individuelle Begegnung mit Text (auf dem Sofa liegend lesen!) lässt sich nicht als avantgardistische kollektive Praxis verschlagworten. Wobei es in einer aufs ständige Beschäftigtsein fixierten Gesellschaft ja etwas ungemein Widerständiges haben kann, auf dem Sofa zu liegen und zu lesen. Du hast es formuliert: Wie subversiv eine Kunstform oder Konsumpraxis ist, hängt von der Ausführung ab.

Diejenigen, die am liebsten lesen und schreiben, sind jedenfalls oft am schlechtesten darin, für die eigene Sichtbarkeit zu sorgen und für die eigenen Belange einzutreten. Auch einzelgängerische Lebens- und Arbeitsmodelle sind Teil einer gefährdeten Vielfalt. Auch solche Lebens- und Arbeitsmodelle sind Teil einer gefährdeten Vielfalt. Ich glaube nicht, dass wir beide hier einen Dissens haben. Von einer strukturellen Verlagsförderung würden literarische Einzelarbeiterinnen sicher sehr profitieren! Nur sollte es nicht als Ausrede dienen, dafür an anderer Stelle existenzsichernde Basisförderung für Schreibende zu kürzen. Es muss zu Politik und Verwaltung durchdringen, dass unsere Arbeit kein Hobby ist.

Beiträgerinnen und Beiträger

Iwan Michelangelo D'Aprile, geboren 1968 in Berlin, ist Literaturwissenschaftler und Historiker. Er hat zur Kulturgeschichte Berlins im 18. und 19. Jahrhundert sowie zur Geschichte des Journalismus publiziert und lehrt als Professor für Kulturen der Aufklärung an der Universität Potsdam. Seit 2022 ist er Vorsitzender der Theodor Fontane Gesellschaft und Präsident der Deutschen Gesellschaft für die Erforschung des 18. Jahrhunderts. Zuletzt erschien u.a. als Herausgeber »Selbstlesen – Selbstdenken – Selbstschreiben« (2015) sowie seine Monografie »Fontane. Ein Jahrhundert in Bewegung« (2018).

Julia Beilein, geboren 1984, ist Wissenschaftliche Mitarbeiterin am Institut für Sprach-, Medien- und Musikwissenschaften, Abteilung für Interkulturelle Kommunikation und Mehrsprachigkeitsforschung mit Sprachlernzentrum, an der Rheinischen Friedrich-Wilhelms-Universität Bonn. Ihre Arbeits- und Forschungsschwerpunkte sind eLearning, Professionalisierung durch wiss. Weiterbildung sowie Literatur- und Kulturmanagement.

Matthias Beilein, geboren 1970 in Nürnberg, studierte von 1993 bis 2001 Germanistik, Geschichte und Publizistik und wurde 2006 mit einer Arbeit über Robert Schindel, Robert Menasse und Doron Rabinovici promoviert. 2006–2010 war er wissenschaftlicher Koordinator des Promotionskollegs VolkswagenStiftung »Wertung und Kanon«, 2011–2013 Leiter des Schreibzentrums an der Universität Tübingen, 2013–2018 wissenschaftlicher Koordinator des DFG-Graduiertenkollegs »Literatur und Literaturvermittlung im Zeitalter der Digitalisierung« an der Universität Göttingen. Seit 2018 ist er Referent bei der Deutschen Forschungsgemeinschaft in Bonn. Mit Heinz Ludwig Arnold gab er »Literaturbetrieb in Deutschland« (3. Aufl. Neuf. 2009) und mit Claudia Stockinger und Simone Winko »Kanon, Wertung und Vermittlung. Literatur in der Wissensgesellschaft« (2012) heraus.

Michael Braun, geboren 1964, Literaturreferent der Konrad-Adenauer-Stiftung (Berlin) und apl. Professor für Neuere deutsche Literatur und ihre Didaktik an der Universität zu Köln. Forschungsschwerpunkte: Moderne Lyrik, Erzählforschung, Literatur und Religion, Gegenwartsliteratur, Film und Filmgeschichte, Erinnerungskulturen. Zuletzt erschienen: »Probebohrungen im Himmel. Der religiöse Trend in der Gegenwartsliteratur« (2018), »Komik im Film« (Mithg., 2018) und »Wem gehört die Geschichte? Literarische und filmische Erinnerungskulturen« (2. Aufl. 2013).

Nina Bußmann, geboren 1980 in Frankfurt am Main, studierte Literatur und Philosophie. Sie schreibt Romane und Hörspiele und kooperierte mit den Künstlerinnen Gabriela Oberkofler (Zeichnung/Installation) und Akiko Ahrendt (Musik/Performance). Erschienen sind die Romane »Große Ferien« (2012), »Der Mantel der Erde ist heiß und teilweise geschmolzen« (2017), »Dickicht« (2020) sowie das Kollektiv-Hörspiel »Mein hohles Herz singt Lieder digitaler Versammlung« (2020) und das Hörspiel »Das Brechen der Brote« (2022). Auszeichnungen u. a.: Robert-Gernhardt-Preis, New-York-Stipendium und Werkstipendium des Deutschen Literaturfonds e. V., Artist in Residence in Vilnius, Nanjing, New York und Goldegg im Pongau.

Meike Feßmann, geboren 1961 in München, studierte Germanistik, Philosophie und Theaterwissenschaften in München und Berlin und wurde 1991 über das Spiel mit der Autorschaft bei Else Lasker-Schüler promoviert. Sie lebt als freie Literaturkritikerin und Essayistin in Berlin, schreibt für die »Süddeutsche Zeitung« und den »Tagesspiegel« und ist für Deutschlandradio Kultur tätig. Für ihre Arbeit als Literaturkritikerin wurde sie 2006 mit dem Alfred-Kerr-Preis ausgezeichnet. 2008 gehörte sie der Jury der Akademie Deutscher Buchpreis an, von 2009 bis 2017 war sie Mitglied der Jury des Ingeborg-Bachmann-Preises in Klagenfurt.

Tristan Marquardt, geboren 1987 in Göttingen, ist Veranstalter zahlreicher Veranstaltungsformate (u. a. der Lesereihe meine drei lyrischen ichs in München), Mitverleger von hochroth München und Mitglied des Berliner Lyrikkollektivs G13. 2015 gründete er das Netzwerk Unabhängige Lesereihen mit und war Teil der künstlerischen Leitung von ULF – das Unabhängige-Lesereihen-Festival, das 2019 in Nürnberg stattfand. Unter bürgerlichem Namen (Alexander Rudolph) arbeitet er als Mediävist an der LMU München. Zuletzt erschien der Gedichtband »scrollen in tiefsee« (2018) sowie gemeinsam mit Jan Wagner (Hg.) »Unmögliche Liebe. Die Kunst des Minnesangs in neuen Übertragungen« (2017).

Steffen Mensching, geboren 1958 in Berlin (Ost), studierte an der Humboldt-Universität Berlin Kulturwissenschaft und arbeitete 20 Jahre als freiberuflicher Autor, Schauspieler, Clown und Regisseur. Seit der Spielzeit 2008/09 ist er Intendant am Theater Rudolstadt. Publikationen u. a.: »Erinnerung an eine Milchglasscheibe« (1979), »Jacobs Leiter« (2003), »Lustigs Flucht« (2005), zuletzt die Romane »Schermanns Augen« (2021), »Hausers Ausflug« (2022). Auszeichnungen u. a.: Heinrich-Heine-Preis der DDR, Erich-Fried-Preis, Literaturpreis der Uwe Johnson-Gesellschaft, Thüringer Literaturpreis, Berliner Literaturpreis. Er ist Mitglied der Akademie der Künste Berlin sowie des Deutschen PEN.

Gunther Nickel, geboren 1961 in Wiesbaden, lehrt Neuere deutsche Literaturgeschichte an der Johannes Gutenberg-Universität in Mainz und ist Lektor des Deutschen Literaturfonds in Darmstadt. Publikationen u. a.: »Die Schaubühne / Die Weltbühne. Siegfried Jacobsohns Wochenschrift und ihr ästhetisches Programm« (1996), »Carl Zuckmayer: Geheimreport« (Hg., zusammen mit Johanna Schrön, 2002), »Siegfried Jacobsohn: Gesammelte Schriften in fünf Bänden« (Hg., zusammen mit Alexander Weigel, 2005), »Krise des Lektorats?« (Hg., 2006), »Beiträge zur Geschichte der Theaterkritik« (Hg., 2008), »Daniel Kehlmanns ›Die Vermessung der Welt‹. Materialien, Dokumente, Interpretationen« (Hg., 2008), »Theaterlandschaften. Rahmenbedingungen und Zeitbezüge im Gegenwartsdrama« (Hg., zusammen mit Alfred Gall, 2013), »Der junge Hacks. Das Frühwerk von Peter Hacks in fünf Bänden« (Hg., 2018).

Ilma Rakusa, geboren1946 in Rimavská Sobota/Ostslowakei, Kindheit in Budapest, Ljubljana und Triest, 1951 Umzug nach Zürich. Studium der Slawistik und Romanistik in Zürich, Paris und Leningrad, Promotion 1971. Von 1971 bis 1977 Assistentin am Slawistischen Institut der Universität Zürich, ab 1995 Lehrbeauftragte. Veröffentlichungen zur russischen und französischen Literatur und Übersetzungen aus dem Russischen, Serbokroatischen, Ungarischen und Französischen sowie zahlreiche eigene Bände mit Lyrik, Prosa und Essays. Sie erhielt u. a. den Petrarca-Preis, den Leipziger Buchpreis zur Europäischen Verständigung, Anerkennungspreis, den Adelbert-von-Chamisso-Preis, den Schweizer Buchpreis, den Berliner Literaturpreis und den Kleist-Preis. Seit 1996 ist sie Mitglied der Deutschen Akademie für Sprache und Dichtung.

Lutz Seiler, geboren 1963 in Gera/Thüringen, arbeitete nach einer Lehre zum Baufacharbeiter als Zimmermann und Maurer. 1990 schloss er ein Studium der Germanistik ab, seit 1997 leitet er das Literaturprogramm im Peter-Huchel-Haus. Publikationen u. a.: die Gedichtbände »berührt/geführt« (1995), »pech & blende« (2000), »vierzig kilometer nacht« (2003), »schrift für blinde riesen« (2021) sowie die Romane »Kruso« (2014) und »Stern 111« (2020). Auszeichnungen u. a.: Ingeborg-Bachmann-Preis, Bremer Literaturpreis, Uwe-Johnson-Preis, Deutscher Buchpreis, Preis der Leipziger Buchmesse. Er ist u. a. Mitglied der Deutschen Akademie für Sprache und Dichtung und der Akademie der Künste in Berlin.

Clemens J. Setz, geboren 1982 in Graz, von 2001 bis 2009 Lehramtsstudium der Mathematik und Germanistik an der Karl-Franzens-Universität in Graz, ohne Abschluss. Seit 2001 zahlreiche kleinere Veröffentlichungen in Zeitschriften und Anthologien. 2005 Gründungsmitglied der Grazer

Literaturgruppe Plattform. 2007 erschien das Romandebüt »Söhne und Planeten«, in weiterer Folge kontinuierliche Buchveröffentlichungen wie u. a. »Die Bienen und das Unsichtbare« (2020) sowie die Romane »Die Stunde zwischen Frau und Gitarre« (2015) und »Monde vor der Landung« (2022). Er erhielt u. a. den Berliner Literaturpreis, den Heinrich-von-Kleist-Preis und den Georg-Büchner-Preis.

Sonja Vandenrath, Dr. phil, geboren 1965 in Bonn, leitet das Literaturreferat der Stadt Frankfurt am Main und ist in dieser Funktion für Festivals wie OPEN BOOKS, literaTurm, die Lyriktage Frankfurt sowie die Lesereihe Frankfurter Premieren verantwortlich. Nach dem Studium der Germanistik, Geschichte und Philosophie an der Freien Universität Berlin war sie mehrere Jahre bei der Kulturstiftung des Freistaates Sachsen tätig. Im Rahmen eines DFG-Projektes an der Humboldt-Universität zu Berlin zum Thema »Literatur und Marketing« entstand die Publikation »Private Förderung zeitgenössischer Literatur. Eine Bestandsaufnahme« (2007), zusammen mit Anne Bohnenkamp »Wort-Räume, Zeichen-Wechsel, Augen-Poesie. Zur Theorie und Praxis von Literaturausstellungen« (2012).

Thomas Wohlfahrt, geboren 1956 in Eisenach, studierte Germanistik und Musikwissenschaft an der Martin-Luther-Universität Halle-Wittenberg, 1985 Promotion. 1983 bis 1988 arbeitete er in der Akademie der Wissenschaften in Berlin-Ost. Nach seinem Weggang aus der DDR war er als freier Autor für Presse und Rundfunk in Berlin-West tätig. 1989/1990 erhielt er ein Wissenschaftsstipendium der Stiftung Preußische Seehandlung. Von 1991 bis 2022 Gründungsdirektor der literaturWerkstatt berlin (seit 2016 Haus für Poesie). Er ist Mitglied der Deutschen UNESCO-Kommission, 2022 verließ er den PEN Deutschland. Vorstand/Kurator der Kulturstiftung Thüringen sowie der Stiftung Brückner-Kühner und des Forums zeitgenössischer Hybridkultur e.V. Auszeichnungen u. a.: Grimme Online Award, Rahel-Varnhagen-von-Ense-Medaille und Bundesverdienstkreuz am Bande.